Diogenes Taschenbuch 24149

de
te
be

Georges Simenon
Ausgewählte Romane in 50 Bänden
in chronologischer Reihenfolge ihrer Niederschrift
und in revidierten Übersetzungen

Band 49

Georges Simenon

Der Tod des Auguste Mature

Roman

Aus dem Französischen von Anneliese Botond

Diogenes

Titel der Originalausgabe:
›La mort d'Auguste‹

Die deutsche Erstausgabe erschien 1980
im Diogenes Verlag
Die Übersetzung wurde für
die vorliegende Ausgabe überarbeitet
Umschlagfoto von Bruno Ehrs (Ausschnitt)

Veröffentlicht als Diogenes Taschenbuch, 2013

www.diogenes.ch
40/13/8/1
ISBN 978 3 257 24149 5

1

Von der Kasse aus, hinter der sie heiter und vage lächelnd saß, hatte Fernande das Paar eintreten sehen und sofort gewusst, dass die beiden zum ersten Mal kamen. Sie waren sehr jung, von Kopf bis Fuß neu ausstaffiert wie frisch Vermählte – die sie sicherlich auch waren – und hatten sich bemüht, ihre Überraschung und ihre Unschlüssigkeit zu verbergen.

Vom zweiten Speisesaal aus hatte auch Antoine sie bemerkt, sich aber nicht von der Stelle gerührt, und so war es François, der rothaarige Kellner, der auf sie zuging, um sie in Empfang zu nehmen.

»Hierher, wenn ich bitten darf …«

Er gab ihnen einen schlechten Tisch in der Mitte des Bistros. Die jungen Leute blickten auf einen Ecktisch, wagten aber nichts zu sagen. François hätte ihnen, wenn sie danach gefragt hätten, ohnehin geantwortet, dass er reserviert sei.

Die vollbusige Liselotte nahm ihnen die Mäntel ab und zwinkerte der Chefin zu, als sie an der Kasse vorbeikam.

Zu diesem Zeitpunkt waren der Botschafter und seine Gäste noch nicht da, aber ein Tisch mit acht Gedecken wurde für sie frei gehalten – im zweiten Speisesaal, den das

Personal, weil er den feinen Leuten und der Prominenz vorbehalten war, den »Senat« nannte.

Das Paar stammte aus der Provinz und wohnte bestimmt noch nicht lange in Paris. Es mochte bei einem Spaziergang durch die Markthallen auf das Bistro aufmerksam geworden sein, das wie alle anderen aussah und nur durch die im Fenster aufgehängten Schinken und Würste etwas einladender wirkte als die anderen.

Auch das Wirtshausschild, »Chez l'Auvergnat«, wirkte bescheiden, weshalb die beiden jungen Leute sich wunderten, als François ihnen eine Speisekarte auf Luxuspapier hinhielt, so groß wie ein Foliant.

Dabei standen im ersten Saal nur alte Marmortische mit Eisenfuß, die Theke war ein klassischer Zinktresen, und an der schmutzig grünen Wand hing wie in anderen Bistros schwarz gerahmt das »Gesetz über den Ausschank alkoholischer Getränke«.

»Als Vorspeise würde ich Ihnen *pot-au-feu Auvergnat* oder unsere Wurstspezialitäten empfehlen…«

Von ihrem Posten aus, der zwischen den beiden Speisesälen und der Garderobe gegenüber lag, registrierte Fernande wie gewöhnlich alles, was rings um sie vorging. Sie sah, wie ihr Mann sich in seinem dunkelblauen Anzug zu zwei Journalisten und ihren jungen Begleiterinnen hinabbeugte, deren Fotografien in Zeitungen und Illustrierten erschienen waren.

Hinter der Glaswand konnte sie auch den Küchenchef an seinen elektrischen Herden hantieren sehen.

Die englische Botschaft hatte telefonisch einen Tisch für acht Personen reservieren lassen, was für eine gewisse

Aufregung im Haus gesorgt hatte. Antoine hatte Blumen bestellt. Obwohl er sich um elf Uhr vormittags rasiert hatte, war er gegen sieben Uhr nach oben gegangen, um sich mit dem Rasierapparat ein zweites Mal über die Wangen zu fahren.

Fast alle Tische waren besetzt. Das junge Paar hatte sich für die Wurstspezialitäten entschieden und staunte über die vielen verschiedenen Sorten auf dem kleinen Wagen, der an ihren Tisch gerollt wurde. Ganz besonders angetan war die junge Frau von dem Ballen Landbutter, der in der Mitte thronte.

Wo war Auguste zu dem Zeitpunkt? Sicherlich wie gewöhnlich an einem der Tische des Lokals, das man »das Bistro« nannte. Es war sein Bistro. Er hatte es 1913 mit seinen Ersparnissen und etwas Geld, das sein Bruder ihm geliehen hatte, gekauft, ohne zu ahnen, dass er im Jahr darauf an die Front geschickt werden würde.

Damals diente der Raum, der nun der Senat war, noch als Küche, und die jetzige makellos saubere Küche hinter der Glaswand war das Schlafzimmer der Eheleute gewesen.

Zwei Rolls-Royce hielten am Gehsteig. Antoine eilte an die Tür. Obwohl der Botschafter und seine Gäste nicht im Smoking waren und ganz unauffällig an ihren Tisch gingen, folgten ihnen die Blicke aller Anwesenden.

Es war nicht das erste Mal, dass man hochgestellte Persönlichkeiten zu bewirten hatte. Ehrengast, zur Rechten des Botschafters, war eine Frau in fortgeschrittenem Alter, die sich offenbar einer kosmetischen Operation unterzogen hatte, denn ihre Gesichtszüge waren vollkommen starr. Allerdings richtete sie ihren Blick auch nur träge und fast herablassend auf die pittoresken Einzelheiten, auf die sie der Botschafter hinwies.

Fernande erkannte ihn wieder. Er war zwei- oder dreimal zum Mittagessen gekommen, ohne zu sagen, wer er war. Stolz wie jemand, der einen ungewöhnlichen Ort entdeckt hat, zeigte er auf die Glaswand, durch die man bei der Zubereitung des Essens zusehen konnte, und machte dann auf die Bilder an den Wänden aufmerksam, unter denen drei Utrillos zu erkennen waren.

Der alte Auguste hatte sie eines Tages fast geschenkt bekommen. Ein Schulfreund aus Riom betrieb damals oben an der Rue du Mont-Cenis ein Bistro. Auguste hatte ihm ein wenig Geld geliehen, und da der andere es ihm nicht zurückgeben konnte, hatte er die Bilder als Zahlung angenommen.

Antoine nahm die Bestellung entgegen, wobei er seine Gäste diskret beriet. Als Vorspeise gelierte Spanferkelpastete, ein paar Scheiben Wurst aus der Auvergne und Bratwurst im Blätterteig. Danach Hammelkeule auf Speckkartoffeln, dazu einen roten Chanturgue mit leichtem Veilchenbukett.

Alles lief wie am Schnürchen. Es war halb zehn, und an zwei oder drei Tischen war bereits um die Rechnung gebeten worden.

Auguste hatte ein vergilbtes Foto von der Wand genommen, das das Bistro zeigte, wie es 1920 gewesen war, dazu ihn selber in Hemdsärmeln am Tresen und ein wenig abseits seine Frau. Er zeigte das Bild zwei Gästen aus der Provinz, denen er, da sie üppig gespeist hatten, ein Glas auf Rechnung des Hauses angeboten hatte, einen alten Marc de Bourgogne.

Natürlich hatte auch er ein Glas getrunken, wenn auch erst nach einem verstohlenen Blick zur Kasse und zu seinem Sohn hin, denn eigentlich durfte er nichts trinken. Wenn alle sehr beschäftigt waren, nutzte er regelmäßig die Gelegenheit, um sich an einen Tisch zu setzen und ein Glas Wein oder Schnaps zu trinken. Als er dem Blick seiner Schwiegertochter begegnete, lächelte er ihr verschwörerisch zu.

Antoine war streng. Fernande nicht. Wozu sollte man einen Mann von achtundsiebzig Jahren um seine letzten kleinen Freuden bringen?

Wie immer war in den beiden Sälen das Gemurmel der Gespräche, das leise Klirren der Gläser und Teller zu hören, aber man nahm es nicht mehr wahr, ebenso wenig wie den Küchen- und Weindunst.

Draußen vor den Markthallen räumten die Obst- und Gemüsehändler gerade ihre beleuchteten Stände zusammen.

Fernandes Augen folgten ihrem Mann, den Kellnern, den Gästen, die ihre Mäntel anzogen und sich zur Tür wandten. Da niemand im Haus genug Schlaf bekam, wurden sie am späteren Abend alle etwas müde.

Schau an! Die beiden Provinzler waren gegangen, und Auguste stand nun bei den Jungvermählten und zeigte ihnen das Foto.

Sie konnte nicht verstehen, was er zu ihnen sagte, aber es war immer dasselbe. Wie er mit fünfzehn Jahren aus Riom nach Paris gekommen war; wie sich die Leute in dem dunklen Straßengewirr bei den Markthallen damals noch gegenseitig die Kehle durchschnitten; wie er alle Spezialitäten aus seiner Heimat, der Auvergne, kommen ließ, auch die großen Graubrote, die im Fenster lagen.

Sie musste ihn für ein paar Sekunden aus den Augen lassen. Auf dem Weg zur Küche hatte ihr Mann ihr durch ein Zeichen zu verstehen gegeben, dass alles gutging, dass die Engländer zufrieden waren.

Als sie sich wieder dem Bistro zuwandte, sah sie Auguste plötzlich taumeln. Er hielt sich noch einen Augenblick an einem Stuhl fest, der mit ihm zusammen umstürzte, bekam dabei das rot-weiß karierte Tischtuch zu fassen und riss dann die Schüsseln und Teller des jungen Paares herunter.

Es gab ein Gepolter, aber keine wirkliche Aufregung. François, der rothaarige Kellner, beugte sich als Erster über den alten Mann. Er wollte ihn eben bei den Schultern anfassen, als Antoine ihn zur Seite schob und seinen Vater hochhob, während François ihn an den Füßen ergriff.

Alles ging so schnell, dass die Szene fast wie geprobt wirkte. Joseph, der seit dreißig Jahren im Haus arbeitete, fegte bereits unter Entschuldigungen die Scherben zusammen. Die jungen Leute blickten bestürzt und erschrocken auf den alten Mann, der jetzt durch eine Tür neben der Kasse in den Hausflur hinausgetragen wurde.

Fernande hatte Zeit gehabt, das Gesicht ihres Schwiegervaters zu sehen: Es war violett angelaufen, ein Auge war geschlossen, das andere blickte ins Leere.

Sie blieb an ihrem Platz und hörte noch die Schritte auf der engen, schlechtbeleuchteten Treppe.

Schweratmend kamen Antoine und François im ersten Stock an und betraten die niedrigen Räume der Wohnung der beiden Alten.

Eugénie war wie jeden Abend bereits um acht Uhr zu Bett gebracht worden. Sie war neunundsiebzig, ein Jahr älter als ihr Mann, und nicht mehr recht bei Verstand.

Tagsüber wurde sie in einen Lehnstuhl ans Fenster gesetzt, und die Hausangestellte, Madame Ledru, musste sie wie ein Kind füttern.

Sie lag halb schlafend im Bett und begriff nicht, was los war, wunderte sich höchstens, dass Licht brannte.

»Hol Madame Ledru her …«

Madame Ledru, die ein kleines Zimmer zum Hof hinaus bewohnte, kam kurz darauf in einem violetten Morgenmantel angelaufen.

»Helfen Sie mir, ihn auszuziehen und ins Bett zu legen … Du, François, kannst wieder hinuntergehen … Sag meiner Frau, ich bin gleich wieder da …«

Er konnte das Restaurant nicht im Stich lassen. Der Rhythmus unten durfte auf keinen Fall ins Stocken geraten.

Auguste atmete noch und gab dabei pfeifende Geräusche von sich, die seinen Mund entstellten, als ob er nicht mehr Herr über die Bewegungen seiner Lippen wäre.

Am unheimlichsten war sein Auge, dieses blicklose offene Auge.

»Rufen Sie Doktor Patin an … Sagen Sie ihm, es ist dringend … Rufen Sie mich, wenn er hier ist …«

Er ging ungern von dem Bett weg, auf dem sein Vater und seine Mutter Seite an Seite lagen. Auf der Schwelle zögerte er. Was konnte er tun? Er hatte keine Ahnung. In wenigen Minuten würde der Arzt da sein, er wohnte nur zweihundert Meter entfernt in der Rue Pierre-Lescot.

Unten war ihm, als träte er aus den Kulissen auf die Bühne. Zunächst stand er im dunklen Flur des Altbaus, dann stieß er die Tür neben Fernandes Kasse auf, sah die Lichter und das pulsierende Leben in den beiden Speisesälen, den Betrieb in der Küche, die Blumen auf dem Tisch des Botschafters.

Die Neuvermählten saßen immer noch da und stocherten mit bleichen Gesichtern in den Kalbskutteln herum, die soeben aufgetragen worden waren. Andere Gäste folgten Antoine mit den Blicken.

»Er atmet noch...«, flüsterte er seiner Frau zu, die nur mit einer Bewegung ihrer Augenlider antwortete.

Die Stelle, wo der alte Auguste zusammengebrochen war, war nur noch an ein paar winzigen Glassplittern auf dem Fußboden zu erkennen. Auf einer der grünlichen Wände markierte ein helleres Rechteck den Platz, an dem das Foto seiner Eltern aus dem Jahr 1920 gehangen hatte. Joseph hatte es aufgehoben und im zerbrochenen Rahmen wie eine Reliquie Fernande überreicht, die es unter die Kasse geschoben hatte.

Immer noch wurden Teller hin und her getragen, jetzt mit Käse und Dessert, und der Geruch von Zigarren mischte sich unter die Küchendünste.

Antoine hatte immer noch ein Auge auf alles, vor allem im Senat. Er war Wirt und Oberkellner zugleich, trug aber, dem Stil des Hauses entsprechend, stets einen dunkelblauen Anzug statt des traditionellen Smokings.

»Das war mein Vater«, sagte er zum Botschafter, »er hatte einen Schwindelanfall…«

Wer war die Frau, die ihn mit diesen hellen, gefühllosen Augen ansah? Die anderen behandelten sie betont respektvoll. Ob sie zur engeren oder weiteren Verwandtschaft der königlichen Familie gehörte?

Ein kleiner König aus dem Vorderen Orient war einmal in Begleitung von zwei Leibwächtern und einer munteren Gesellschaft zum Abendessen gekommen. Aber da die Spezialität des Hauses Schweinefleisch war und er das nicht aß, war es schwierig gewesen, ihn zufriedenzustellen.

Ob Patin schon da war? Er behandelte seit fast vierzig Jahren die ganze Familie. Er hatte einst Antoine und seine Brüder kuriert, als sie alle drei gleichzeitig mit Scharlach im Bett gelegen hatten. Die Wohnung im ersten Stock hatten sie damals noch nicht, und die Kinder schliefen in eisernen Betten unter dem Dach, in einem Dienstbotenzimmer mit schräger Decke und Mansardenfenster.

Seine Frau warf ihm einen fragenden Blick zu. Mit einem Blick in die Runde vergewisserte er sich, dass alles in Ordnung war, dann verschwand er abermals und lief, drei Stufen auf einmal nehmend, die Treppe hoch.

Sobald man aus dem warmen Küchendunst hinaustrat, roch es nach Armut, denn in dem Haus lebten vor allem kleine Leute.

Madame Ledru hatte die Deckenlampe gelöscht und nur eine Nachttischlampe brennen lassen. Sie saß am Kopfende des Betts, hielt das Handgelenk des alten Mannes umfasst und sah auf den Zeiger ihrer Armbanduhr.

Die Atmung schien schwächer geworden zu sein. Von Zeit zu Zeit wurde Augustes ganzer Körper von mehreren krampfartigen Bewegungen geschüttelt, als wollte er gegen das, was ihm widerfuhr, protestieren.

»Wie ist sein Puls?«

»Sehr instabil… Eben war er noch auf hundertvierzig… Und jetzt spüre ich ihn kaum…«

»Wo bleibt der Arzt?«

»Der ist unterwegs… Ein Unfall bei einem Geflügelhändler… Seine Frau versucht, ihn zu benachrichtigen… Sie hat mir den Namen eines anderen Arztes gegeben, in der Rue Étienne-Marcel, ich habe ihn auch schon angerufen… Er hat versprochen, sofort zu kommen…«

Die Mutter war eingeschlafen, ohne zu merken, was neben ihr vor sich ging.

Antoine ging wieder hinunter. Er empfand es als seine Pflicht, dabei zu sein, wenn am großen Tisch die Schnäpse und Liköre gereicht wurden. Fernande konnte nicht hinaufgehen, weil jetzt die Gäste ihre Rechnung verlangten.

Antoine gelang es zu lächeln. Seit Jahren setzte er dieses zuvorkommende Lächeln auf, sobald jemand die Hand ein paar Zentimeter hob.

Die Engländer schienen zufrieden zu sein, nur die Fürstin oder Herzogin blieb unverändert starr und undurchdringlich. Sie lehnte den Marc de Bourgogne ab, aber den alten, in einem Probierglas gereichten Armagnac nahm sie entgegen. Drei Minuten später war das Glas leer.

Vor dem Haus hielt ein Auto. Antoine wartete noch ein paar Minuten. Als er hinaufging, traf er auf einen Mann mittleren Alters mit gelichtetem Haar, den er nicht kannte.

Es war der Arzt aus der Rue Étienne-Marcel. Er hatte kaum den Mund aufgemacht, als etwas außer Atem der alte Doktor Patin eintraf. Die beiden Männer gaben sich die Hand und warfen sich einen fragenden Blick zu.

Sie brauchten Auguste nicht abzuhorchen. Sein Gesicht war stark gerötet, und die Pupille seines geöffneten Auges reagierte nicht, wenn man eine Hand davor bewegte.

»Es ist zwecklos, ihn noch ins Krankenhaus zu bringen«, murmelte Patin und drückte Antoine die Hand.

»Kann man gar nichts mehr tun?«

»Es kann jeden Moment zu Ende sein … Vielleicht wird es sich aber auch noch ein paar Stunden hinziehen …«

Die Ärzte zogen sich in eine Ecke des Zimmers zurück und unterhielten sich halblaut, während Antoine zögernd und hilflos am Bett stehen blieb.

Er entschloss sich, hinunterzugehen. Er konnte den Anblick dieses ins Leere gerichteten Auges, dieses verzerrten Mundes kaum ertragen. Er erkannte seinen Vater nicht wieder. Was da auf dem Bett lag, war kein Mensch mehr, sondern ein bewusstloses, bald für immer erstarrtes Etwas.

Doch als er hinausgehen wollte, glaubte er ein leichtes Aufleuchten in dem einen Auge wahrzunehmen. Etwas wie ein plötzliches Erstaunen, und vom selben Augenblick an war der pfeifende Atem nicht mehr zu hören.

»Doktor …«, rief er.

Patin eilte herbei. Er berührte die Lider des Alten, beugte sich zu ihm hinab und legte die Wange auf seine Brust.

Als er sich wieder aufrichtete, murmelte er:

»Es ist zu Ende, mein armer Antoine … Hast du deine Brüder benachrichtigt? …«

»Noch nicht …«

»Was macht der Richter?«

»Es geht ihm gut. Er hat den Fall Mauvis übernommen …«

»Und Bernard?«

Antoines Gesicht verdüsterte sich.

»Ich habe seit Monaten nichts von ihm gehört …«

Patin begriff. Er hatte sie schon als Kinder, dann als Halbwüchsige gekannt. Er war auf der Hochzeit von Antoine und auf der von Ferdinand gewesen. Er kannte die Familiengeschichte in- und auswendig.

»Sprich deiner Frau mein Beileid aus …«

Die beiden Ärzte gingen zusammen die schmale, steile Treppe hinunter.

»Kann ich die alte Marinette holen, damit sie ihn herrichtet?«, fragte Madame Ledru.

Antoine nickte, ging seinerseits hinunter, stieß die kleine Tür auf und flüsterte seiner Frau im Vorbeigehen zu:

»Es ist zu Ende …«

Die Arbeit nahm ihn wieder in Beschlag, die allabendliche Routine, bis man hinter dem letzten Gast endlich die eisernen Rollläden herunterlassen konnte.

Auch zu Joseph, der achtundsechzig Jahre alt war und wie eine Ente watschelte, dann zu François, dann zu Jules, der hinter der Theke stand und sich um den Wein kümmerte, sagte Antoine mit einer Stimme, die allmählich wieder sicherer klang:

»Es ist zu Ende …«

Dann zu Julien Bernu, dem Küchenchef:

»Es ist zu Ende …«

Der rundlichen Liselotte, die in ihrer schwarzen Kellnerinnentracht so appetitlich aussah, fiel es auch jetzt nicht schwer zu lächeln, wenn sie den Gästen in den Mantel half. Sie war jung und voller Lebensfreude.

Die letzten Gäste waren kurz nach elf gegangen, und Antoine wartete darauf, dass er die eisernen Rollläden herunterlassen konnte. Bisher hatte sein Vater jeden Abend mit ihm zusammen darauf gewartet, es war für beide wie ein Ritual gewesen.

Sobald Fernande ihren Kassenabschluss gemacht hatte, nahm sie die grüne Metallkassette, in der sich die Einnahmen befanden, und ging damit durch die kleine Tür in den zweiten Stock hinauf, wo sie und Antoine eine Wohnung über der der Alten bewohnten.

Jules hatte sich schneller als die anderen umgezogen und machte sich schon auf den Heimweg, die Hände in den Taschen und den Mantelkragen hochgeschlagen, denn es war kühl an diesem Märzabend.

Hinter der Theke befand sich eine Falltür, durch die man über eine Treppe in den Keller gelangte; Antoine sperrte sie wie jeden Abend mit Stange und Vorlegeschloss zu.

Die beiden Geschirrwäscherinnen gingen durch den Hauseingang hinaus. Da sie oft wechselten, kannte Antoine sie kaum. Gelegentlich musste man sogar wildfremde Männer von der Straße hereinholen, damit überhaupt jemand den Abwasch machte.

Julien Bernu, der Küchenchef, trug einen eleganten Kamelhaarmantel, und an der Straßenecke wartete ein Sportwagen auf ihn.

»Bis morgen, Chef…«

Er zögerte, überlegte, ob er noch etwas hinzufügen sollte, aber schließlich ließ er es dabei bewenden, Antoine mit mehr Nachdruck als sonst die Hand zu drücken.

Die anderen hielten es ebenso. Der Reihe nach machten sie sich davon, zurück in ihr Privatleben.

Nur zwei Lampen brannten noch, von Rauchschwaden wie eingenebelt, und der Essensgeruch war nun nicht mehr appetitanregend.

Die Rollläden mussten mit einer Kurbel, die hinter der Theke verwahrt wurde, von außen geschlossen werden. In den Markthallen herrschte Hochbetrieb, in den umliegenden Straßen stauten sich die Lastwagen.

Fünfzig Jahre zuvor und auch noch nach dem Ersten Weltkrieg blieb der Ausschank bis in die frühen Morgenstunden geöffnet, und Menschen aller Art geisterten damals durch das Lokal, einschließlich Clochards und Dirnen, die an die Wand gelehnt vor sich hin dösten.

Er ging hinaus. Noch am Vorabend war sein Vater ihm gefolgt. Sie hatten beide geschwiegen. Man hörte den eisernen Rollladen knirschen, der sich ruckartig über das Fenster senkte, dann das Geräusch des schmaleren, der die Tür verschloss.

Als Nächstes musste er durch den Hausflur wieder hineingehen und die Kurbel an ihren Platz zurücklegen. Antoine blieb eine Weile vor der Theke stehen, musterte die Flaschen auf den Regalen, entschied sich schließlich für einen Marc und goss sich gegen seine Gewohnheit ein Glas ein. Er trank sonst nur einen Schluck Wein zu den Mahlzeiten.

Die Lampen löschen. Auf den Flur hinausgehen. Die hintere Tür abschließen. Er hatte nachgesehen, ob in der Küche und an den Spülbecken alles in Ordnung war. Mit hängenden Schultern ging er nach oben und war erstaunt, im Schlafzimmer seiner Eltern eine alte Frau anzutreffen, die er nicht kannte.

»Ich habe getan, was ich konnte, Monsieur Mature. Es ist Ihnen doch recht, dass ich vier Kerzen und Weihwasser mitgebracht habe? Geben Sie mir dafür, was Sie wollen…«

Es war die besagte alte Jungfer, die im Viertel die Toten herrichtete. Sie hatte ein zufriedenes, rundes Gesicht mit großen blauen Unschuldsaugen, und ihr schwarzes Kleid sah aus, als wäre es mindestens zwanzig Jahre alt.

Er kramte in seiner Brieftasche und hielt ihr ein paar Scheine hin, während sie auf seine Mutter deutete, die immer noch in ihrem Nussbaumbett schlief.

»Wie geht es ihr? Sie hat nicht einmal die Augen geöffnet, als wir die Leiche hinausgetragen haben…«

Antoine wusste nicht, wohin sie seinen Vater gebracht hatten. Er ging durch das alte Wohnzimmer, in dem er früher seine Schulaufgaben gemacht und mit seinen Brüdern gespielt hatte. Die Küche war nie benutzt worden; gegessen wurde im Restaurant, bevor die Gäste kamen, und so diente sie nur als Abstellraum.

Auguste lag jetzt im Zimmer von Madame Ledru auf dem Bett. Ein Handtuch war um seinen Kopf gebunden, damit sein Unterkiefer nicht herabfiel. Beide Augen waren geschlossen. Die Grimasse von vorhin war aus seinem Gesicht verschwunden.

Man hatte seine Hände über einem Rosenkranz gefaltet, der nicht aus dem Haus stammte.

Fernande stand da, sah Antoine an und wartete, wie er reagieren würde. Da er sich nicht von der Stelle rührte und schwieg, murmelte sie:

»Anscheinend hat Marinette ihn …«

Zwei der vier Kerzen waren angezündet, und ein Buchsbaumzweig lag in einer Weihwasserschale.

Er betete nicht. Man hatte sie nicht beten gelehrt. Er verspürte eine große Müdigkeit und dachte, dass er seine Brüder noch benachrichtigen musste.

»Ich werde bei ihm wachen«, schlug Madame Ledru vor. »Mir macht eine Nacht ohne Schlaf nichts aus … Notfalls lege ich mich eine Weile im Wohnzimmer aufs Sofa …«

Alles wirkte plötzlich so alt, so heruntergekommen! Auguste hatte sich immer gegen jede Veränderung in der Wohnung gewehrt, in der selbst seine Frau so etwas wie ein Gegenstand geworden war, den man je nach Tageszeit mal dahin, mal dorthin trug.

»Komm …«

Sie gingen in den zweiten Stock hinauf. Die Aufteilung der Räume war die gleiche, aber die Farben waren frischer, die Möbel modern, und es gab mehr Licht.

Antoine zog sein Jackett aus, während seine Frau aus ihrem schwarzen Kleid schlüpfte und ihr braunes Haar schüttelte.

»Rufst du Ferdinand zuerst an?«

Er nickte, nahm den Hörer ab, wählte die Nummer. Während er wartete, lockerte er seine Krawatte.

Man hätte meinen können, dass das Telefon am Parc-de-Sceaux, wo Ferdinand mit seiner Frau und seinem Sohn in einem schicken Neubau wohnte, im Leeren klingelte.

»Vielleicht hast du dich verwählt?«

Er wartete immer noch und sah dabei eher mürrisch als traurig aus.

»Hallo! … Bist du's, Véronique? …«

Die Stimme seiner Schwägerin klang gedämpft.

»Ist Ferdinand nicht da?«

»Er schläft, der Ärmste … Ich musste ihm ein Schlafmittel geben, der Fall Mauvis setzt ihm arg zu … Was gibt's, Antoine? … Warum rufst du um diese Zeit an? … Ist deiner Mutter etwas passiert? …«

»Meinem Vater …«

»Ist er krank?«

»Er ist gestorben …«

»Woran?«

»Der Arzt hat es mir nicht gesagt … Ich hab vergessen, danach zu fragen … Ich nehme an, dass es eine Embolie war … Er war ganz blau …«

»Ist er im Krankenhaus?«

»Nein, hier zu Hause, im Zimmer der Hausangestellten …«

»Soll ich Ferdinand wecken? … Kann er irgendetwas tun? …«

»Ich fürchte, er würde es uns übelnehmen, wenn er es nicht gleich erfährt …«

»Ich weiß nicht … Vielleicht hast du recht … Bleib am Apparat …«

Ein paar Minuten vergingen. In der Leitung war ab und

zu ein leichtes Knacken zu vernehmen. Einmal wiederholte eine erstickte Stimme flehentlich:

»Arthur… Arthur… Bist du noch da?… Hörst du mich?…«

Es war eine Frauenstimme, sehr fern, die dann von Ferdinands Stimme übertönt wurde.

»Hallo!… Bist du's, Antoine?«

»Ja… Entschuldige, dass ich dich geweckt habe…«

»Du hattest völlig recht… Meine Frau stopft mich mit Medikamenten voll… Seit drei Tagen schlage ich mich mit einer Angina und Fieber herum, aber beim jetzigen Stand der Untersuchung kann ich nicht zu Hause bleiben… Die Journalisten sind mir von früh bis spät auf den Fersen… Es fehlt nur noch, dass sie mich vor meiner Wohnungstür abfangen… Also, Papa ist gestorben?…Wann genau ist es denn passiert?«

»Ich habe nicht darauf geachtet… So gegen zehn…«

»Wie spät ist es jetzt?«

»Zehn Minuten nach Mitternacht…«

»Warum hast du mich nicht früher angerufen?«

»Ich hatte beide Säle gerammelt voll, außerdem war der englische Botschafter da, acht Personen…«

»Schlaganfall?«

»Patin hat es mir nicht gesagt…«

Er wiederholte:

»Er war ganz lila…«

»Hat er gemerkt, dass er stirbt?«

»Ich glaube nicht…«

»Und wo ist es passiert?«

»Er war unten im Bistro und hat mit den Gästen geplaudert ... Plötzlich ist er umgefallen und hat das Tischtuch und alles, was auf dem Tisch stand, mitgerissen ...«

»Hat er nichts gesagt?«

»Kein Wort.«

»Hast du Bernard schon angerufen?«

»Noch nicht ...«

»Hast du ihn in letzter Zeit gesehen?«

»Nein. Und du?«

»Vor ungefähr einem Monat ist er im Taxi an mir vorbeigefahren ... Zum Glück hat er mich nicht gesehen ... Ich glaube, es ist besser, ich komme bei euch vorbei ... Was meinst du?«

»Wir können nichts mehr für ihn tun.«

»Ich weiß. Aber wenn Bernard kommt, gibt es bestimmt Streitereien, und dann ist es besser, ich bin da ...«

»Wie du willst ...«

»Kommt er her?«, fragte Fernande, als Antoine aufgelegt hatte.

Ihr Mann nickte und suchte im Adressbuch Bernards Nummer heraus. Angeblich wohnte er seit kurzem am Boulevard Rochechouart. Bestimmt würden jetzt die Komplikationen beginnen.

Das Telefon läutete in einer Wohnung, die Antoine nicht kannte, und eine Männerstimme, die er ebenso wenig kannte, antwortete:

»Wer ist am Apparat?«

Aus dem Hintergrund tönten Stimmen, Musik, Gläserklirren.

»Ich muss mich verwählt haben ...«

»Wen wollen Sie denn sprechen?«

»Bernard Mature…«

»Bernard, soso!… Den lieben Bernard… Tja, alter Knabe, Bernard ist nicht hier…«

Der Mann war betrunken. Jemand nahm ihm den Hörer aus der Hand, und eine Frauenstimme sagte:

»Hallo!… Hier ist Nicole…«

»Ich bin's, Nicole…«

»Antoine?… Was ist los? Warum rufst du um diese Zeit an?«

»Ist Bernard nicht da?«

Sie hatte ihre fünf Sinne beieinander, auch wenn sie getrunken hatte.

»Er ist im Augenblick nicht da«, antwortete sie vorsichtig, fast abwehrend.

»Ist er in Paris?«

»Warum willst du das wissen?«

»Weil ich eine traurige Nachricht für ihn habe…«

»Was denn?«

»Vater ist tot…«

Er war der Einzige, der sie als Schwägerin behandelte, obwohl sie seit fünf Jahren mit seinem Bruder nur zusammenlebte. Sie hatten es beide nicht für nötig befunden zu heiraten.

»Das ist schlimm…«, murmelte sie.

Und in verändertem Ton:

»Seid endlich ruhig! Einer aus der Familie ist gestorben…«

Und wieder zu Antoine:

»Entschuldige… Das sind Freunde von Bernard. Sie dachten, sie würden ihn hier antreffen, und sind mit ein paar Flaschen angerückt … Ich weiß nicht, wie ich sie wieder loswerden soll … Sie führen sich auf, als wären sie hier zu Hause … Hör zu, Antoine, es tut mir schrecklich leid … Heute ist Freitag, nicht wahr? … Nein, Samstag, da Mitternacht schon vorbei ist … Am Donnerstag ist Bernard mit einem Freund in dessen Wagen nach Südfrankreich gefahren, weil sie dort ein dickes Geschäft in Aussicht hatten, Immobilien …«

Immobilien oder was auch immer, an der Côte d'Azur oder anderswo – Bernard hatte immer nur dicke Geschäfte in Aussicht.

»Ich weiß, dass sie sich für heute Abend in der Bar des ›Carlton‹ verabredet hatten, aber ich habe keine Ahnung, in welchem Hotel sie abgestiegen sind …«

»Wann wollte er zurück sein?«

»Das hat er mir nicht gesagt. Kommt darauf an, wie das Geschäft läuft. Wir müssen ihn aber irgendwie benachrichtigen, oder? Wie ist es denn passiert?«

»Er ist im Restaurant plötzlich zusammengebrochen …«

»Das Herz?«

»Ich weiß es nicht … Eine halbe Stunde später war er tot …«

»Ist Ferdinand bei dir?«

»Er muss jeden Moment kommen …«

»Ich werde versuchen herauszufinden, wo Bernard steckt, und erst einmal die Hotels durchtelefonieren, vielleicht hab ich ja Glück und …«

Fernande fragte wieder:

»Wo ist er?«

»Angeblich in Cannes. Aber das muss nicht unbedingt

stimmen. Bei Nicole geht's gerade hoch her, mit Trinken und Tanzen, eine ganze Clique …«

»Glaubst du, dass sie herkommt?«

»Sie? Wozu?«

»Ich weiß nicht … Ziehst du dich aus? …«

»Nein, erst wenn Ferdinand wieder weg ist …«

»Véronique wird auch kommen …«

Das war unvermeidlich, denn Ferdinand hatte nie am Steuer eines Autos gesessen, da er zu kurzsichtig war, und seit sie einen Wagen hatten, spielte seine Frau den Chauffeur. Jeden Morgen fuhr sie ihn zum Palais de Justice und holte ihn abends wieder ab. Mittags aß er ganz bescheiden in der Kantine oder in einem kleinen Restaurant in der Innenstadt.

»Was, glaubst du, wird passieren?«

»Ich habe keine Ahnung. Das hängt von Bernard ab …«

»Und von Véronique …«

»Glaubst du, Véronique wird Schwierigkeiten machen?«

»Mehr vielleicht als Bernard … Soll ich Kaffee machen? …«

»Keine schlechte Idee …«

Er rauchte wenig, im Restaurant durfte er sich das nicht erlauben. Eine Zigarette hin und wieder auf die Schnelle, das schon, auch wenn er sie selten zu Ende rauchen konnte.

In fünf Stunden musste er bereits wieder auf den Beinen sein und wie jeden Morgen auf dem Markt einkaufen. Wenigstens brauchte er nicht weit zu gehen.

Vormittags stand immer Jules hinter dem Tresen und bediente die Kundschaft aus dem Viertel.

Jeden Tag um zwölf zog Antoine seinen dunkelblauen

Anzug an; dann füllten sich allmählich die beiden Speisesäle, um sich gegen drei wieder zu leeren. Danach konnte er sich bis halb sieben noch mal hinlegen. Dann duschte er und zog sich wieder an.

Unten klopfte es. Die Holzdecken waren so morsch, dass man alles hörte, was im Haus vor sich ging. Madame Ledru ging an die Tür und erklärte, dass Antoine und seine Frau im zweiten Stock seien, und als Fernande die Wohnungstür öffnete, standen Ferdinand und Véronique schon auf dem Treppenabsatz.

Die beiden Brüder umarmten sich nicht. Sie hatten sich nie in ihrem Leben umarmt. Ernst drückten sie sich die Hand und blickten sich an. Véronique umarmte Antoine und Fernande.

»So ein Unglück…«

Darauf ihr Mann, vernünftig wie immer:

»Bei seinem Alter musste man damit rechnen… Wichtig ist, dass er nicht gelitten hat… Erstaunlich nur, dass nicht Maman als Erste gegangen ist… Wie geht es ihr eigentlich?«

»Sie hat nichts mitbekommen. Sie hat geschlafen…«

»Glaubst du, dass sie überhaupt noch mitbekommt, was um sie herum geschieht?«

»Schwer zu sagen… Manchmal hat man den Eindruck, sie ist plötzlich wieder ganz da und will irgendetwas sagen… Sie kämpft dann wie gegen eine Art Nebel, aber das hält nie lange an, und sie fällt wieder in ihren Dämmerzustand zurück…«

»Vater ist also in das Zimmer von eurer Hausangestellten gebracht worden?«

»Sonst hätten wir Maman in ein anderes Bett legen müssen … Wir werden morgen wohl das Wohnzimmer als Totenzimmer herrichten müssen … Viele Leute werden ihn noch einmal sehen wollen, alle seine Freunde aus Riom und die Leute aus der Auvergne, die in Paris leben …«

Zehn Jahre zuvor war Auguste Präsident des Vereins seiner Landsleute in Paris gewesen.

Ferdinand war dreiundfünfzig. Er trug dicke Brillengläser, sein Schädel war fast kahl. Véronique hingegen war zwar dick geworden, wirkte aber jünger, als sie war.

»Werden dir daraus keine Einbußen entstehen?«

»Ich überlege, ob ich bis zur Beerdigung zumachen soll, aber das ist in solchen Betrieben nicht üblich. Gewöhnlich wird nur am Tag der Beerdigung geschlossen …«

»Übrigens, war der Pfarrer schon da?«

»Nein. Ich habe nicht daran gedacht.«

»Vater war als Kind Ministrant. Zwar ist er nicht mehr in die Kirche gegangen, aber es wäre doch besser, die Pfarrei zu verständigen. Die Leute würden es nicht verstehen, wenn es keine Trauerfeier gäbe …«

Fernande brachte Kaffee und Tassen. Die Sessel und das Sofa waren mit blauem Leder bezogen, ein roter Teppich verdeckte die schadhaften Stellen des Fußbodens.

»Im ersten Stock hat's geklingelt …«

»Wer kann das sein?«

Alle vier horchten schweigend. Madame Ledru ging öffnen, sprach leise mit jemandem, schloss die Tür wieder. Im Treppenhaus waren leise Schritte zu hören.

»Ich wette, das ist Nicole«, sagte Fernande und stand auf.

Und als sie öffnete, stand in der Tat Nicole in der Tür.

Sie sah einen nach dem andern an, als ob ihr Besuch ganz selbstverständlich wäre, zog ihren Leopardenmantel aus, trat näher und sagte:

»Ich hielt es für richtig, herzukommen...«

Fernande, die einen Morgenmantel trug, ging noch eine Tasse holen.

»Wo liegt er denn?«

»Im Zimmer von Madame Ledru, im ersten Stock.«

»Warum nicht in seinem Bett?«

Worauf Antoine gereizt antwortete:

»Weil dort meine Mutter liegt.«

2

Ein peinliches Schweigen entstand. Keiner wusste, wohin er blicken sollte. Ferdinand und Antoine waren nur drei Jahre auseinander, aber es war, als hätte dieser Altersunterschied mit der Zeit zugenommen, statt sich auszugleichen. Lag es an Ferdinands Beruf? Für die Familie war er der Richter, ein wichtiger Mensch, der über Dinge Bescheid wusste, von denen die anderen keine Ahnung hatten.

Es hatte eine Zeit gegeben, in ihrer Jugend, da waren die beiden Brüder echte Freunde gewesen. Ferdinand hatte Antoine mehr oder weniger unter seine Fittiche genommen, und keiner von beiden hatte sich um Bernard gekümmert, den sie als Kind betrachteten.

Später hatten sich ihre Wege getrennt. Beide hatten geheiratet.

Ferdinand hatte zuerst in La Rochelle gelebt, dann war er nach Poitiers berufen worden, wo er acht Jahre blieb, ehe er einen Posten in Paris bekam. Er war schneller gealtert als seine Brüder, so dass man sich unwillkürlich fragte, ob er jemals jung gewesen war.

Man sah ihm an, dass er das Leben ernst nahm, dass er alle Fragen – ganz gleich, ob es sich um sein Amt, seine Familie oder ihn selbst handelte – mit derselben gründlichen Gewissenhaftigkeit behandelte.

Antoine, der einen Kopf größer war als er und dessen braunes Haar sich noch nicht einmal lichtete, schien von ganz anderem Schlag zu sein.

Woran dachten sie, während Nicole sie nacheinander anschaute? Hatten sie nicht seit langem diese Begegnung vorausgesehen, auf die sie nun, mitten in der Nacht, doch nicht vorbereitet waren, weder Ferdinand, dem seine Angina zu schaffen machte, noch der erschöpfte Antoine?

»Sagen Sie, Ferdinand …«

Nicole duzte den Richter nicht, auch seine Frau nicht, während sie Antoine wie selbstverständlich duzte. Sie war erst achtundzwanzig, hübsch, elegant und lebhaft. Sie kam aus einer anderen Welt.

Ferdinand sah sie mit seinen kurzsichtigen Augen an, und sie fuhr ganz unbefangen fort:

»Ich weiß, dass es mich nichts angeht, aber da Bernard verreist ist, muss ich an seiner Stelle sprechen … Sie kennen sich in diesen Dingen aus: Meinen Sie nicht, dass es besser gewesen wäre, alles gerichtlich versiegeln zu lassen?«

»Was denn?«

»Ich weiß nicht … Die Wohnung des Verstorbenen … Den Safe …«

»Welchen Safe?«

»Er muss doch irgendwo sein Geld und seine Papiere aufbewahrt haben …«

Antoine war unbehaglich zumute, denn er fühlte sich angesprochen und rechnete damit, dass sich Ferdinand nicht eindeutig auf seine Seite stellen würde.

»Ich wüsste nicht«, sagte der Untersuchungsrichter,

sorgfältig artikulierend, »dass mein Vater je einen Safe besessen hätte ... Stimmt das, Antoine?«

»Hier im Haus ist keiner.«

Nicole ließ nicht locker.

»Er musste doch irgendwo sein Testament aufbewahren ...«

Ein fast beklemmendes Schweigen. Fernande brachte eine Tasse, schenkte Kaffee ein und suchte sich dann einen Platz, wo sie sich setzen konnte. Sie hatte in der Küche mitgehört. Alle Blicke waren auf Antoine gerichtet.

»Vater hat nie von einem Testament gesprochen ...«

»Hatte er keinen Notar?«

»Es war nicht seine Art, sich einem Notar anzuvertrauen ...«

»Er hatte aber doch ein Bankkonto?«

»Wenn er eins hatte, so hat er jedenfalls mit niemandem darüber gesprochen ...«

Der alte Auguste war in Saint-Hippolyte geboren, einem Dreihundert-Seelen-Dorf, zwanzig Kilometer von Riom entfernt. Sein Vater, ein Tagelöhner, konnte weder lesen noch schreiben.

Mit zwölf Jahren arbeitete Auguste bereits in einem Gemüseladen, der neben dem Gerichtsgebäude lag und wo er auch, ohne sich auszuziehen, im Hinterzimmer schlief. Mit fünfzehn hatte er sich in den Zug gesetzt und war allein nach Paris gefahren.

»Ferdinand weiß bestimmt besser als ich, was in einem solchen Fall zu tun ist ...«

Verlegen sah Ferdinand seine Frau an, als wolle er sie um Rat fragen.

»Das kommt darauf an ... Vor längerer Zeit haben Vater und Antoine eine Vereinbarung unterschrieben ...«

Das war 1945, nach dem Krieg, gewesen. Antoine war aus Deutschland zurückgekehrt, wo er vier Jahre lang Kriegsgefangener gewesen war. Er war sich unschlüssig gewesen, ob er seine Stelle als Koch in der ›Brasserie de Strasbourg‹, wo er 1939 gearbeitet hatte, wiederaufnehmen sollte.

Er war siebenundzwanzig Jahre alt und unverheiratet. Damals existierte im Erdgeschoss nur das Bistro mit den im Fenster aufgehängten Schinken und Würsten und den großen Laiben Schwarzbrot, die dreimal in der Woche aus der Auvergne hergeschickt wurden.

Ihre Mutter kochte, und ein einziger Kellner half bedienen.

Auguste war damals noch kein alter Mann. Er hatte während der Kriegsjahre mit Lebensmitteln, die er sich aus seiner Heimat zu beschaffen wusste, eine Menge Geld verdient.

Eine neue Kundschaft war entstanden. Journalisten, Theaterleute hatten die Küche von Mère Mature, wie man sie damals nannte, entdeckt.

»Warum bleibst du nicht bei mir, Antoine, statt für andere zu arbeiten? Wir richten einen zweiten Saal ein, eine größere Küche ...«

Damals lebte Ferdinand noch in La Rochelle und hatte bereits ein Kind. Bernard, der sein Studium abgebrochen hatte, arbeitete sporadisch beim Film und kam seinen Vater nur besuchen, wenn er Geld brauchte.

Antoine hatte sich schließlich überzeugen lassen, und je

weiter der geplante Ausbau gedieh, desto mehr fing er Feuer. Von ihm stammte die Idee, die Küche mit einer Glaswand zu versehen, durch welche die Gäste zusehen konnten, wie die Speisen zubereitet wurden.

Seine Mutter beschränkte sich seit fünfundzwanzig Jahren auf ein halbes Dutzend Gerichte, die es an bestimmten Wochentagen gab.

Auch sie, die Tochter eines Kleinbauern, stammte aus Saint-Hippolyte. Sie war mit Auguste zur Schule gegangen. Als er, zwanzigjährig, eines Tages seinen in der Heimat gebliebenen Bruder besuchte, traf er sie wieder.

Von da an war die Geschichte der beiden dieselbe wie die der meisten Geschäftsleute in diesem Viertel. Erst das geduldige Sparen für den Ankauf eines Geschäfts, das sie meist erst nach vielen Jahren abzahlen konnten, dann die langen Jahre ohne einen Ruhetag, ohne auch nur einen Gedanken an Urlaub.

Alle beide lagen sie nun da unten, Auguste mit zwei brennenden Kerzen am Bett, nebenan seine Frau, die seit einem Jahr kaum mehr wahrnahm, was um sie herum vorging.

Sie waren jung gewesen. Jeden Abend, bevor sie sich in das Nussbaumbett legten, das sie am Tag vor ihrer Hochzeit bei einem Trödler gekauft hatten, hatten sie zusammen Kassensturz gemacht und sich über das eingenommene Geld, über jeden bezahlten Wechsel gefreut.

»Wenn wir einmal keine Schulden mehr haben …«

Lange Zeit war das ihr einziges Ziel. Dann kam Ferdinand, der bald auf allen vieren im Sägemehl im Bistro oder auf den Küchenfliesen herumkrabbelte.

Von Paris kannten sie außer der Gegend um die Markthallen so gut wie nichts.

Auguste trug einen mächtigen blauschwarzen Schnauzbart, und wenn er mit aufgekrempelten Hemdsärmeln hinter seinem Tresen stand, ließ er gerne voller Stolz seine Bizepse spielen.

Dann wurde Antoine geboren. Die beiden Kinder schliefen im Zimmer ihrer Eltern, und Antoine erinnerte sich an Abende, da seine Mutter in der Küche Gemüse putzte, während sein Vater die Flaschen ordnete.

Ferdinand und Bernard waren sechs Jahre auseinander. Das Schlafzimmer wurde zu klein für alle, und so wurde für die beiden Älteren notgedrungen eine Mansarde gemietet.

Anfangs hatten sie Angst. Sie fühlten sich allein, hoch oben in diesem Haus, das ihnen groß vorkam und in dem es von Männern und Frauen wimmelte, die sie nicht kannten.

Um sich weniger allein zu fühlen, schliefen sie in einem Bett, winters in langen Flanellnachthemden, denn es war bitterkalt.

Ferdinand kam in die Schule. Dann war Antoine an der Reihe. Sie spielten auf der Straße mit ihren Schulkameraden.

Damals waren Antoine und Ferdinand fest davon überzeugt, dass sie sich niemals trennen würden.

Und jetzt sahen sie einander betreten an. Der Körper ihres Vaters war noch nicht kalt, und schon saß eine Fremde da und legte den Finger auf die Wunde.

»Hat jemand in den Schubladen nachgesehen?«, fragte sie.

Die beiden Brüder waren schockiert, und doch lehnten sie die Aufforderung, die in diesem Satz lag, nicht rundweg ab.

»Niemand hat die Wohnung durchsucht«, sagte Antoine, der sich angesprochen fühlte. »Als Vater zusammenbrach, habe ich ihn in den ersten Stock gebracht, aber ich musste gleich wieder hinunter, während Madame Ledru nach dem Arzt telefonierte. Das Restaurant war voll, ich konnte es nicht im Stich lassen …«

Es war unmöglich, aus Ferdinands Blick auf irgendein Gefühl zu schließen. Er sah vor allem betreten aus.

»Wissen Sie, wo Bernard ist?«, fragte er Nicole.

»Er wird mich sicher morgen früh anrufen, und wenn ich ihm sage, was passiert ist, wird er das nächste Flugzeug nehmen …«

»Und was soll Ihrer Meinung nach bis dahin geschehen?«

»Ich weiß nicht … Es ist Ihre Sache, die nötigen Vorkehrungen zu treffen …«

»Was für Vorkehrungen?«

»Ihr Vater war reich … Da ist erstens das Geschäft, das viel wert ist …«

Antoine wurde rot. Obwohl ihn dies persönlich anging, wollte er nicht antworten.

»Das Geschäft gehört zur Hälfte Antoine, er ist seit zwanzig Jahren Teilhaber unseres Vaters«, ließ Ferdinand sich vernehmen.

»Gibt es notariell beglaubigte Papiere dazu?«

»Notariell beglaubigte nicht … Sie haben beide einen Vertrag unterschrieben …«

»Und Ihr Vater erhielt jedes Jahr die Hälfte des Gewinns?«

Diesmal antwortete der Richter nicht anstelle seines Bruders.

»Ich habe ihm regelmäßig seinen Anteil ausgezahlt…«

»Also eine große Summe?«

»Eine ziemlich große Summe, ja…«

»Wie viel etwa?«

»Das müsste ich in den Büchern nachsehen…«

»Und wo sind die Bücher?«

Antoine zeigte auf die moderne, dreitürige Kommode.

»Dort…«

Doch er schlug nicht vor, sie ihr zu zeigen.

»Und was hat er mit dem Geld gemacht?«

»Das war seine Sache. Er hat mit niemandem darüber gesprochen.«

»Er hat es doch hoffentlich nicht hier in der Wohnung aufbewahrt?«

»Das nehme ich nicht an.«

»Ihr habt euch aber nicht vergewissert?«

»Nein…«

Er sah Fernande an, die innerlich kochte und an ihren Nägeln kaute, um nicht vor Wut zu platzen.

Warum griff Ferdinand nicht ein, um seinen Bruder zu verteidigen? Seine Frau und er waren gänzlich verstummt. Der Vater war um zehn Uhr gestorben, und um ein Uhr früh saßen sie hier um den Tisch und redeten über sein Geld.

Antoine stand auf und sagte mit bebender Stimme, der man anhörte, dass er sich nur mit Mühe beherrschte:

»Kommt mit und seht selber, es ist mir lieber …«

Ferdinands abwehrende Geste wirkte nicht überzeugend. Seine Frau erhob sich als Erste. Nicole trank noch ihren Kaffee aus, bevor sie sich ebenfalls zur Tür wandte.

»Kommst du nicht mit?«, fragte Antoine Fernande.

»Ich bringe es nicht übers Herz …«

Und dabei war Fernande ein Straßenmädchen, das Antoine buchstäblich auf dem Gehsteig aufgelesen hatte, als sie nachts von Bar zu Bar zog.

Es hatte drei Jahre gedauert, bis er es gewagt hatte, sie seinem Vater vorzustellen. Und auch nachdem sie geheiratet hatten und in die Wohnung im zweiten Stock eingezogen waren, richtete seine Mutter noch mehr als zwei Jahre lang kein Wort an sie und erlaubte ihr nicht, sich im Erdgeschoss zu zeigen.

Sie stiegen hintereinander die schlechtbeleuchtete Treppe hinunter, deren ausgetretene Stufen unter ihren Schritten knarrten. Die Tür war nicht verschlossen. Madame Ledru, die nie bei ihrem Vornamen gerufen wurde, da sie als Witwe eines Landvermessers sehr viel auf ihren Rang hielt, fuhr vom Sofa hoch, auf dem sie eingenickt war.

Durch die offene Zimmertür sah man die flackernden Kerzen. Sie traten ein. Véronique bekreuzigte sich. Nicole betrachtete nur schweigend das Gesicht des Toten.

Halblaut sagte Antoine:

»Ich weiß nicht, ob ihr in diesem Zimmer suchen wollt …«

Statt zu antworten, kehrte Nicole, gefolgt von Ferdinand und dessen Frau, ins Wohnzimmer zurück. In diesem Raum fühlte man sich buchstäblich um vierzig Jahre zurückversetzt. Aus einem vergoldeten Rahmen über dem mit Fransen geschmückten Sofa sah Hector Mature, der Tagelöhner aus Saint-Hippolyte, sie aus einem vergrößerten Foto heraus mit ausdruckslosen Augen an. Eine Zimmerpflanze stand in einem Kupfertopf, und man hätte schwören mögen, dass es dieselbe Pflanze war wie zur Zeit, als die Brüder noch klein waren.

»Was euch interessiert, sind vermutlich die Schubladen?«

»Ich habe es nicht verlangt«, verwahrte sich Nicole. »Ich meine nur, dass es für alle besser ist, wenn alles korrekt abläuft…«

Im Wohnzimmer stand ein altes Buffet, dessen obere Türen verglast waren. Antoine zog die beiden Schubladen auf, und zum Vorschein kam ein Wust von Dingen, die sich im Laufe der Jahre angesammelt hatten.

Eine Schachtel enthielt Fotos der drei Brüder in verschiedenem Alter, dazu einen silbernen Fingerhut und eine Haarlocke, von der niemand wusste, von wem sie stammte. Waren diese Haare, die ihre Mutter in ein Stück Seidenpapier gewickelt hatte, von einem der Kinder? Waren es Haare, die Auguste ihr selber abgeschnitten hatte, als sie verlobt waren oder zu Beginn ihrer Ehe?

Zwei Geldscheine, Achate, ein Pfeifchen. Zeitungsausschnitte, in denen das Restaurant des Auvergners lobend erwähnt wurde. Briefe. Ferdinand erkannte seine und Bernards Schrift. Es waren auch Briefe darunter, die Véronique aus La Rochelle, später aus Poitiers geschrieben hatte, als ihr Mann zu beschäftigt gewesen war, um selber zu schreiben. In einigen steckten Fotos ihrer beiden Kinder, Marie-Laure und Jean-Loup.

Marie-Laure lebte gegenwärtig mit einer Freundin in der Avenue Victor-Hugo, wo die beiden jungen Frauen eine Modeboutique betrieben, und Jean-Loup war Assistenzarzt in der Salpêtrière.

Alte Rechnungen über längst verschwundene Möbel und Gegenstände kamen zum Vorschein, Ferdinands erstes Zeugnis aus dem Lycée Voltaire.

»Ihr seht … Kein Testament … Und in dieser Schublade ist auch kein Geld …«

Er zog die linke auf, die noch voller war als die erste und von Fotos und Briefen überquoll. Die Fotos zeigten Leute, die sie kaum oder überhaupt nicht kannten, Cousinen der Mutter, Freundinnen aus ihrer Kinderzeit, eine Schulklasse in einem Schulhof. Darunter lagen ein paar mit Haar gefüllte Tütchen, und auf jedem stand, mit Bleistift geschrieben, der Name eines der Brüder.

Im unteren Teil des Möbels fanden sich ein paar Bücher, Wollknäuel und auf dem untersten Fach Stoffreste in allen Farben, die Eugénie Mature wie einen Schatz gehütet hatte.

Im oberen Teil des Buffets standen Gläser und ein paar Schnapsflaschen.

Einen Schreibtisch gab es in der Wohnung nicht.

»Bleibt das Schlafzimmer meiner Eltern …«

Sie zögerten, unschlüssig, ob sie ihm folgen sollten, gingen dann aber doch hinter ihm her. Er öffnete den hohen Kleiderschrank, alle Schubladen, und endlich auch noch eine Kommode, in der Wäsche lag.

Es blieb ihnen nichts anderes übrig, als wieder zu gehen. Als sie dichtgedrängt auf dem Treppenabsatz standen, wussten sie nicht, ob sie wieder hinauf oder nach unten gehen sollten.

»Ich muss meinen Mantel holen…«, sagte Nicole.

Schweigend gingen sie nach oben. Die Besucher zogen ihre Mäntel an. Ferdinand wäre gerne noch geblieben, um sich von Bernards Gefährtin zu distanzieren, aber niemand forderte ihn dazu auf.

»Hoffentlich ist Bernard morgen zurück… Tut mir leid, dass ich einfach so hereingeschneit bin… Ich musste einfach kommen…«

Niemand fragte sie, warum, und so wandte sie sich dem Treppenhaus zu.

»Bis morgen, Antoine«, murmelte Ferdinand. »Ich weiß noch nicht, wann ich vorbeikommen kann. Ruf mich im Gericht an, wenn du mich brauchst. Ich bin fast den ganzen Tag dort…«

Véronique gab sich einen Ruck und küsste Fernande auf beide Wangen. Das war den beiden Frauen nur dreimal in ihrem Leben passiert.

»Ich habe Angst um Ferdinand, er arbeitet zu viel. Er gehört zu den Männern, die sich im Beruf aufreiben…«

Als die Tür endlich geschlossen war und sich die Schritte auf der Treppe entfernten, standen Antoine und Fernande sich gegenüber. Lange blieben sie so, ohne ein Wort zu sagen. Schließlich ging Antoine ins Schlafzimmer, wo er sich auszog. Seine Frau räumte die Tassen zusammen und stellte sie in den Ausguss in der Küche.

Im Bad trafen sie sich wieder, in Schlafanzug und Nachthemd, wo Antoine sich die Zähne putzte, und sie seufzte:

»Das fängt ja gut an! …«

»Hast du den Wecker aufgezogen?«, fragte er lediglich.

Denn sie war es, die das immer besorgte. Der Wecker rasselte jeden Morgen um fünf. Jedes Mal stellte Antoine ihn sofort mit einer längst automatischen Handbewegung ab, denn Fernande konnte noch zwei Stunden länger schlafen.

»Ferdinand hat mich am meisten enttäuscht … Ich hätte nicht gedacht, dass er sich auf ihre Seite schlägt …«

Antoine gab keine Antwort. Sein Bruder hatte sich nicht eindeutig auf Nicoles Seite geschlagen. Er war eher neutral geblieben, und der Grund dafür war seine Frau. Véronique hatte nur deshalb nichts gesagt, weil sie genau wusste, wie ihr Mann sich verhalten würde.

»Gute Nacht«, seufzte er.

»Gute Nacht, Antoine …«

Im Bett entstand eine leere Stelle zwischen ihnen. Überall gab es zurzeit leere Stellen.

»Glaubst du, dass Antoine weiß, wo dein Vater sein Geld hinterlegt hat?«

Ferdinand antwortete nicht sofort. Zusammengesunken saß er auf dem Sitz neben seiner Frau, die sie zur Porte d'Orléans chauffierte. Er war griesgrämig und fühlte sich unbehaglich. Was geschehen war, hatte ihn angegriffen, und er sah weitere Schwierigkeiten voraus.

»Mein Vater hat nie über diese Dinge gesprochen …«, murmelte er schließlich.

Véronique war seine Frau, aber sie war keine Mature, war

nicht in dem alten Haus in der Rue de la Grande-Truanderie geboren und erzogen worden.

Auguste war zeit seines Lebens ein fröhlicher Mann gewesen, mit sonorer Stimme und jederzeit zu einem Scherzwort aufgelegt, aber er war auch ein schlauer und zurückhaltender ungeschliffener Kerl gewesen, der gewisse Dinge für sich behielt.

Ob seine Frau gewusst hatte, wie viel er verdiente, als sie das Geschäft noch zu zweit betrieben?

Er war der Mann, das Oberhaupt der Familie gewesen. Er hätte ebenso gut ein Stammeshäuptling sein können, umgeben von Kindern, Schwiegertöchtern und Enkeln.

Auguste hatte gar nicht erst versucht, Ferdinand im Haus zurückzuhalten, denn er wusste im Voraus, dass sein ältester Sohn nicht bleiben würde. Von seinem ersten Schuljahr an hatte Ferdinand sich des väterlichen Bistros geschämt, und wenn er nach dem Beruf des Vaters gefragt wurde, antwortete er:

»Geschäftsmann.«

Auf dem Gymnasium war es dasselbe gewesen. Ferdinand besaß auch nicht den Körperbau der Matures. Zerstreut und in sich gekehrt, war er von den drei Brüdern der schmächtigste.

Am Familienleben hatte er nie wirklich teilgenommen, und in seiner Jugend war es sein einziger Wunsch gewesen, das Haus möglichst bald zu verlassen.

Er hatte sich nicht zu einem bestimmten Beruf hingezogen gefühlt, sondern sich für Jura entschieden, weil zwei seiner Kameraden sich in der juristischen Fakultät eingeschrieben hatten. Bald musste er feststellen, dass er sich nicht dazu eignete, Prozesse zu führen, weil ihn seine Schüchternheit im Gerichtssaal behinderte.

Obwohl – wirklich schüchtern konnte man ihn nicht nennen. Er betrachtete vielmehr alles in dem angestrengten Versuch zu begreifen, so als müsse er herausfinden, welchen Platz er unter den Menschen einnahm.

»Er muss aber doch sein Geld irgendwo gelassen haben …«

»Sicher …«

»Was mich wundert, ist, dass keiner von euch dreien es je gewagt hat, ihn danach zu fragen … Ihr seid doch seine Söhne …«

Leichter gesagt als getan! Antoine hätte es vielleicht gekonnt. Ferdinand empfand eine gewisse Zuneigung für seinen Bruder, von dem er doch so verschieden war. Mit Antoine war Auguste alles nach Wunsch gegangen. Statt zu studieren, hatte er eine Lehre begonnen, während Bernard, kaum achtzehnjährig, den Krieg gleichsam zum Anlass genommen hatte, um zur Armee zu gehen.

Er war nur sechs Monate geblieben, gerade so lange, wie die Deutschen brauchten, um nach Paris zu kommen. Danach hatte er nie mehr in dem Haus bei den Markthallen geschlafen.

»Glaubst du, dass er viel Geld zurückgelegt hat?«

»Er muss eine ganz schöne Summe zusammengebracht haben, und er gab fast nichts aus …«

»Antoine war sein Liebling, nicht wahr?«

»Antoine ist eben bei ihm geblieben …«

Die anderen hatten ihn gedrängt, sein Geschäft zu verkaufen, an Antoine oder wen immer, und dann mit seiner

Frau zusammen seinen Lebensabend in der alten Heimat zu beschließen. Der Alte hatte davon nichts wissen wollen. Er brauchte seinen Zinktresen, die Marmortische, das Kommen und Gehen von früh bis spät, den Kaffee und die Croissants, den Schoppen Wein, den Duft der Gerichte, die zubereitet wurden.

»Womöglich ist er imstande gewesen, Antoine sein ganzes Vermögen zu überlassen, ohne irgendjemandem etwas davon zu sagen …«

»Das glaube ich nicht.«

»Was können wir tun, wenn man nichts findet?«

»Ich weiß es noch nicht …«

Ferdinand war nicht reich. Er hatte nur sein Gehalt zum Leben. Fünf Jahre zuvor hatten er und seine Frau eine Dummheit begangen. Traf dabei seine Frau mehr Schuld als ihn? Zwar war es Véroniques Idee gewesen, doch er hatte keinen Widerstand geleistet, jedenfalls nicht genügend.

Seit ihrer Hochzeit hatten sie immer in alten Häusern gewohnt, sei es in La Rochelle, in Poitiers oder in Paris, wo sie in der Rue Saint-Louis-en-l'Île eine Wohnung im dritten Stock ohne Aufzug hatten.

Damals wohnten noch beide Kinder bei ihnen. Marie-Laure studierte Kunstgeschichte, Jean-Loup Medizin.

Die Wohnung war für vier erwachsene Personen zu klein geworden, es gab für alle nur ein Badezimmer, noch dazu mit einem altmodischen Badeofen.

Damals wurden in der Umgebung von Paris, im Grünen, die ersten modernen Wohnhäuser gebaut, sogenannte Luxuswohnungen, und es verging keine Woche, ohne dass

Véronique ihrem Mann nicht die Zeitung mit Fotografien von neuen Appartements zeigte.

»Sogar ein Schwimmbad ist dabei!«, jubelte Jean-Loup.

Diese Wohnungen wurden nicht vermietet, sondern standen zum Verkauf.

»Nach der ersten Überweisung und nach zehn Jahresraten braucht man keine Miete mehr zu bezahlen …«

An Sonntagen hatten sie sich dann jeweils mehrere angesehen. Sie entsprachen nicht immer den Prospekten, aber Véronique begeisterte sich für die Appartementhäuser am Parc-de-Sceaux.

Sechs Monate mussten sie warten, bis das Haus fertiggestellt war. Endlich hatte jeder sein eigenes Schlafzimmer, sein Bad. Die Wohnung hatte eine Terrasse, die auf die Grünanlagen hinausging, und ein Swimmingpool stand den Bewohnern von fünf Gebäuden zur Verfügung.

Ferdinand hatte nur zweimal darin gebadet. Er war sich seiner Schmächtigkeit und seines geringen Körperbewusstseins im Klaren. Er konnte kaum schwimmen und schämte sich. Véronique fand sich zu dick und badete ebenso wenig.

»Wir brauchen dann kein Dienstmädchen mehr«, hatte sie verkündet. »Alles ist elektrisch …«

Sie waren sieben oder acht Monate ohne Dienstmädchen ausgekommen, aber da Véronique für alle den Chauffeur spielen musste, hatten sie doch wieder eines angestellt.

Mit zweiundzwanzig war Marie-Laure als Erste aus dem Haus gegangen, unter dem Vorwand, sie werde nun selber für sich sorgen. Sie hatte sich eng an eine Freundin angeschlossen, die beiden hatten zusammen eine Boutique eröffnet. Zu Hause ließ sie sich nur noch selten blicken. Sie verkehrte in anderen Kreisen, es bestanden keine Gemeinsamkeiten mehr zwischen ihr und den Eltern.

So blieb ein erstes Zimmer unbenutzt, doch ließ man die Möbel von Marie-Laure stehen in einer Art abergläubischer Hoffnung, sie werde zurückkommen.

Aber wenn sie doch mal einen Fuß in die Wohnung setzte, dann fast immer, um Dinge mitzunehmen, die ihr gehörten. So räumte sie selber nach und nach das Zimmer aus, und schließlich blieb Ferdinand nichts anderes übrig, als ein Arbeitszimmer daraus zu machen.

Jetzt stand noch ein zweiter Raum leer, denn als Assistenzarzt lebte Jean-Loup faktisch in der Salpêtrière.

Jean-Loup war ein seltsamer junger Mann, unscheinbar und schüchtern wie sein Vater, fast ein Sonderling. Er wollte sich auf Kinderpsychiatrie spezialisieren. Auch er trug eine Brille, und bei seinen Kameraden galt er als Streber, der sich nur um seine Ausbildung kümmerte.

Eine teure Ausbildung. Auch Marie-Laure hatte viel Geld gebraucht, als sie ihre Boutique einrichtete.

Für die Wohnung mussten noch verschiedene Wechsel bezahlt werden, und die Zinslast wurde immer höher.

Es war nicht dramatisch. Andere Ehepaare hatten ähnliche Schwierigkeiten. Ferdinand konnte nicht behaupten, es gehe ihm gesundheitlich schlecht. Er war nie wirklich krank gewesen. Er hatte immer nur Wehwehchen gehabt, Angina, Gliederschmerzen, Magenbeschwerden, die ihn ängstlich machten, ohne ihn ernstlich zu beunruhigen. Véronique, die in den Wechseljahren stand, war ihm keine große Stütze.

Mit dem Geld des Vaters wären sie gerettet. Ihr Anteil würde ausreichen, die Wechsel einzulösen, ja vorzeitig abzuzahlen, was sie für die Wohnung noch schuldeten.

Sie könnten sich einen neuen Wagen leisten – der ihre hatte schon über hunderttausend Kilometer –, sie könnten während der Ferien auf Reisen gehen, statt zwei oder drei Wochen in einer bescheidenen Pension in der Bretagne zu verbringen.

»Ich weiß nicht, ob es dir auch so geht... Ich fand das Verhalten Antoines irgendwie unnatürlich... Er sah so betreten aus, als ob er uns etwas verheimlichen wollte...«

Als der eine fünfzehn, der andere zwölf gewesen war, hatten sich die beiden älteren Brüder ausgezeichnet verstanden, und Antoine hatte sich oft Ferdinand anvertraut, den er bewunderte.

»Du hast nicht solche Schwierigkeiten in der Schule wie ich! Du hast es gut, du bist eben einfach intelligent...«

Und Ferdinand hatte ihn dann wieder aufgerichtet.

»Du bist intelligent, nur eben auf eine andere Art...«

Inzwischen konnte man sich kaum mehr vorstellen, dass jemals eine echte Vertrautheit zwischen ihnen geherrscht hatte, dass sie jahrelang im selben Bett geschlafen hatten.

An diesem Abend hatten sie sich kaum anzublicken gewagt.

»Fernande traue ich auch nicht über den Weg... Warum haben sie zwei Stunden gewartet, bevor sie anriefen?... Es geht schließlich um deinen Vater, oder nicht?... Du bist der Älteste... Es wäre an dir gewesen, die Sache in die Hand zu nehmen...«

Sie waren zu Hause. In der Garage, die zu dem Wohnhaus gehörte, standen stärkere und luxuriösere Wagen als ihrer.

Sie fuhren im Aufzug hoch. Wie auf der Île Saint-Louis wohnten sie auch hier im dritten Stock. Véronique, die den Schlüssel in der Handtasche hatte, schloss auf und knipste das Licht an.

Das Haus im Viertel der Markthallen hatte einen Geruch, den man auch nach monatelanger Abwesenheit wiedererkannte. Hier war das anders. Alles war sauber, ordentlich. Sie hatten sich neue Möbel anschaffen müssen, denn die alten, die ihnen in die verschiedenen Unterkünfte gefolgt waren, hatten nicht zum Innenausbau gepasst.

»Hast du immer noch Halsweh?«

»Ein wenig …«

Sie gingen gleich ins Schlafzimmer und zogen sich einer vor dem anderen aus, wie immer.

Auch die beiden Brüder hatten sich einst voreinander ausgezogen, und heute fühlten sie sich wie Fremde.

War Véronique ihm nicht auch fremd? Ihre gemeinsamen Erinnerungen reichten nur bis zu ihrer ersten Begegnung bei einem Studienfreund zurück. Sie war die Tochter eines angesehenen Geschäftsanwalts und hatte mit ihren Eltern am Boulevard Haussmann gewohnt, zu einer Zeit, als diese Gegend noch eine der reichsten von ganz Paris war.

Die Ehegatten hatten sehr unterschiedliche Elternhäuser; so riefen die Wörter bei jedem andere Bilder hervor.

Sie hatten sich geliebt. Sie hatten geglaubt, dass sie sich liebten. Sie hatten sich sicherlich geliebt, da sie geheiratet hatten und seither zusammenlebten.

Ferdinand wäre niemals auf den Gedanken gekommen, seine Frau zu betrügen, geschweige denn, sie zu verlassen.

Sie hatten schließlich zwei Kinder. Sie hatten fröhliche Stunden erlebt, vor allem als Jean-Loup und später Marie-Laure geboren wurden. Die Taufe, die erste Kommunion waren Anlass zu frohen Festen gewesen.

Als sie umgezogen waren, hatten sie zu viert ganz verzückt einen Rundgang durch die neue Wohnung gemacht, danach hatten sie Champagner getrunken und waren überzeugt, dass die Sorgen nun vorbei wären und Niedergeschlagenheit künftig ein Fremdwort.

Ferdinand arbeitete viel. Er war gründlich, ein Perfektionist, dem man die Untersuchungsakten beinahe aus der Hand reißen musste, weil er immer glaubte, sie seien noch nicht vollständig.

Nur in seinem Büro verspürte er ein gewisses Überlegenheitsgefühl. Dort zogen Männer und Frauen an ihm vorüber, die alle mehr oder weniger »Fälle« waren.

Er beobachtete sie mit seinen kurzsichtigen Augen, stellte ihnen Fragen und bemühte sich, sie zu verstehen. Er betrachtete sie nicht als Feinde der Gesellschaft, wie manche seiner Kollegen das taten, ja, einige schüchterten ihn ein wegen ihrer Charakterstärke, die er an sich selbst nicht kannte.

Bald würde er, müde nach einer fast schlaflos verbrachten Nacht, wieder René Mauvis mit seinen gefesselten Handgelenken gegenübersitzen. Wie jeden Tag seit zwei Wochen würde der Korridor wieder brechend voll von Fotografen und Reportern sein.

Er konnte Mauvis abends nicht einmal in das Santé-

Gefängnis zurückschicken, weil zu befürchten war, dass die Menge über ihn herfallen würde, und so ließ er ihn in einer Zelle im Palais de Justice bewachen.

Was wusste er von Mauvis? Bis zu seinem zweiunddreißigsten Lebensjahr war er ein unauffälliger, mustergültiger Bankangestellter gewesen, der in einem Geldinstitut arbeitete und allein eine Dreizimmerwohnung in der Rue de Turenne bewohnte, in der Nähe der Place des Vosges.

Mauvis war Junggeselle. Die Concierge hatte ihn nie mit einer Frau nach Hause kommen sehen, und seinen Kollegen war nichts darüber bekannt, dass er je eine Freundin gehabt hätte.

Seine einzige Leidenschaft schien Billard zu sein. Zwei-, dreimal die Woche spielte er in einem Café am Boulevard Beaumarchais.

Er war angeklagt, im Abstand von sechs Monaten zwei kleine Jungen erdrosselt zu haben, und zwar im Wald von Saint-Germain, in den er, eigenen Aussagen zufolge, nie einen Fuß gesetzt hatte.

»Kannst du nicht mal einen Tag Urlaub machen und ausspannen? Am Samstag ist doch außer dir praktisch niemand im Palais de Justice.«

Das stimmte. Er hatte das Recht, die Untersuchung nach eigenem Ermessen zu führen, Tag und Stunde der Verhöre festzulegen. Der Gedanke schien ihm verlockend. Er musste am nächsten Tag, beziehungsweise noch heute, mit Antoine sprechen, vielleicht auch mit Bernard, wenn dieser von der Côte d'Azur zurückkam.

»Hast du keinen Hunger?«

»Nein.«

»Willst du eine Tablette?«

Gemeint war eine Schlaftablette.

»Ich glaube, ich brauche keine … Gute Nacht …«

Sie küssten sich. Es war eine rituelle Geste, ehe jeder sich zum Schlafen auf seine Seite drehte. Jeder war an den Geruch des anderen gewöhnt, an den gemeinsamen Geruch als Paar, zuletzt atmeten sie sogar im selben Rhythmus.

Der Vater war tot. Ferdinand hatte ihn höchstens einmal im Monat gesehen, wenn er im Vorbeigehen eine Tasse Kaffee am Tresen trank.

»Willst du nicht mit uns zu Mittag essen?«

Manchmal gab er der Verlockung nach, genoss die Küche von früher, aber meistens lehnte er ab, weil er nicht bezahlen durfte.

Jetzt war der Vater gestorben, und plötzlich war eine große Leere entstanden.

3

Antoine zog sich im Halbdunkel geräuschlos an. Er wusste zwar, dass Fernande ihn hörte, doch vermied er es, mit ihr zu sprechen, um sie nicht ganz aus dem Schlaf zu reißen.

Noch einen Monat, und es würde hell sein, wenn er zum Einkaufen auf den Markt ging. Mitten in Paris verfolgte er wie auf dem Land den Wechsel der Jahreszeiten anhand der Zeit des Sonnenaufgangs.

Er hatte einen Rollkragenpullover und eine alte schwarze Lederjacke angezogen. Im ersten Stock öffnete er die Tür zur Wohnung seiner Eltern einen Spalt. Madame Ledru schlief auf dem Sofa im Wohnzimmer. Die Kerzen flackerten in dem Zimmer, in dem Auguste im Angesicht der Ewigkeit allein war.

Eine Totenwache hatte nicht stattgefunden. Niemand hatte bei dem Toten gesessen, und Antoine fühlte sich ein wenig schuldig.

In der Rue Pierre-Lescot war die Luft schon schwer vom Geruch des Gemüses, und ein eigenartiges Licht lag über dem Gewimmel kleiner schwarzer Gestalten, die sich in den eisernen Verkaufsständen geschäftig um Berge von Nahrungsmittel bewegten.

Die meisten waren seit dem Vorabend hier. Der Morgen

war frisch, und manche Frauen schlugen sich mit den Armen an die Seiten, um sich warm zu halten. In den Kneipen wurden unentwegt Kaffee, Weißwein und Schnaps ausgeschenkt, wie früher im ›Chez l'Auvergnat‹.

»*Salut*...«, murmelte er im Vorübergehen.

Er kannte sie nicht alle beim Namen, aber ihre Gesichter waren ihm vertraut.

»*Salut*, Antoine...«, grüßten sie zurück.

Vor allem die Alten, die ihn schon gekannt hatten, als er noch der kleine Junge war, der seinen Vater begleitete. Auch ein paar Leute aus dem Viertel waren darunter, mit denen er früher auf der Straße gespielt hatte.

Die anderen sagten respektvoller:

»*Salut*, Monsieur Antoine...«

Eine zahnlose Gemüseverkäuferin, die über zwei oder drei Wollpullovern ein Männerjackett trug, fragte ihn:

»Ist es wirklich wahr?«

»Es ist wahr, meine gute Berthe.«

»Er hat immer zu mir gesagt, eines Tages wird er an seinem Tresen sterben...«

Er sah die ersten Erdbeeren in zierlich geflochtenen Weidekörbchen und handelte den Preis aus, ehe er zwanzig davon kaufte.

»Nestor wird sie Ihnen gleich hinüberbringen. Ich habe auch Pfirsiche, natürlich sind es keine von hier...«

Er setzte den Weg fort, zuerst zwischen Bergen von Gemüse und Obst, die in den Straßen aufgetürmt waren, dann in den Gängen zwischen den Verkaufsständen.

Er hatte seine Lieferanten. Er brauchte Blumen für die Tische und entschied sich für Anemonen, dann kehrte er noch einmal um und kaufte ein paar Sträuße Chrysanthemen für das Totenzimmer.

Es wurde schon langsam hell, und die Lampen verblassten über den Köpfen. Während er ging, entstanden fast wie von selbst die Menüs in seinem Kopf.

»Ich habe gehört, was passiert ist. Ihr armer Papa …«

Oder es hieß:

»Wer hätte gedacht, dass der alte Auguste so plötzlich gehen würde! Im Grunde ist es besser so … Er war so stolz auf seine Kraft, er hätte sich geschämt, wenn er krank und schwach geworden wäre …«

Jeder in dieser kleinen Welt der Markthallen hatte die Nachricht erfahren, und selbst diejenigen, die nichts sagten, sahen ihn ernster an als sonst.

Er musste sich jetzt um die Beerdigung kümmern, doch wollte er nichts unternehmen, ohne sich zuvor mit seinen beiden Brüdern verständigt zu haben. Seinerzeit waren sie erleichtert gewesen, dass Antoine bei den Eltern blieb, weil sie dadurch die Verantwortung los waren.

Jetzt, wo Auguste tot war, würden sie es ihm verübeln, wenn er auf eine Sonderstellung pochte.

Letzte Nacht hatte es ja schon angefangen. Selbst Nicole, die eigentlich nicht zur Familie gehörte, war herbeigeeilt, um Bernards Rechte wahrzunehmen.

Was Ferdinand anging, so war seine Haltung nicht eindeutig, aber wahrscheinlich würde er sich im entscheidenden Augenblick nicht auf Antoines Seite stellen.

Dabei war Antoine von den dreien der am wenigsten Begünstigte gewesen, da er vier lange Jahre in einem Gefangenenlager in Pommern verloren hatte.

Ferdinand hatte wegen seiner Kurzsichtigkeit keinen Wehrdienst geleistet. Er hatte die Kriegsjahre in La Rochelle verbracht, wohin er kurz zuvor berufen worden war.

Und Bernard war freigekommen, nachdem er sechs Monate zwar in Uniform, aber weit hinter der Front verbracht hatte.

Es war nicht Antoine gewesen, der seinem Vater vorgeschlagen hatte, bei ihm zu bleiben. Antoine hätte noch ein paar Jahre in der ›Brasserie de Strasbourg‹ oder anderswo arbeiten und genügend Geld beiseitelegen und sich dann in jedem beliebigen Pariser Viertel niederlassen können. Er war fleißig und kannte sein Metier.

Wenn er den Vorschlag seines Vaters angenommen hatte und geblieben war, so vielleicht damit es weiterhin einen Mature in der Rue de la Grande-Truanderie gab. Seine beiden Brüder hatten schon sehr früh den Wunsch gehabt, von zu Hause fortzukommen. Er nicht. Und zwar keineswegs, wie man hätte annehmen können, aus Angst vor der Zukunft.

Er fühlte sich wohl in dem kleinen Restaurant voll angenehmer Gerüche, an das er so oft dachte, wenn er sich in Deutschland gefragt hatte, ob er wohl das Ende des Krieges erleben werde.

Sein Vater schickte ihm Pakete und die Mutter Karten voller Fehler. Wenn er ihnen antwortete, gab er nie zu, dass er sich niedergeschlagen fühlte oder dass er zeitweise gar an schweren Durchfällen litt.

»Du bleibst also?«

»Ich bleibe«, hatte er lächelnd geantwortet.

Was an jenem Tag geschehen war, konnte niemand voraussehen. Gegen sieben Uhr morgens standen sie beide in der Tür. Es war Mai. Der Frühling war in jenem Jahr besonders schön.

Eben noch waren sie Vater und Sohn gewesen, die da Seite an Seite standen und dem Betrieb in der Straße zuschauten.

Aber sobald Antoine seine Antwort gegeben hatte, änderte sich das Verhältnis zwischen den beiden Männern. Wie von selbst waren sie auf einmal Geschäftspartner geworden, beinahe Komplizen, und der Altersunterschied war aufgehoben.

»Du glaubst doch auch, dass jetzt der richtige Moment ist, um zu vergrößern?«

»Wir müssen von der neuen Kundschaft profitieren, und zwar schnell …«

»Im ersten Stock wird die Wohnung frei. Die Meyers ziehen wieder heim ins Elsass …«

Die Meyers, die Chaves, die kleine Madame Brossier, die Maniages, die Gagneaux, die Allards, Justine und Bertha und hundert andere waren für sie nicht bloß Namen, sondern Gesichter, lebende Personen, die irgendwann einmal in ihr Leben getreten waren.

Manche waren wieder daraus verschwunden und hatten nur flüchtige Spuren hinterlassen. Andere lebten noch, und sie grüßten an diesem Morgen den Sohn des alten Auguste sehr ernst.

Für sie war er der Erbe. Für sie, aber nicht für seine Brüder oder seine Schwägerin oder Nicole.

Sie wussten nicht einmal, wie alles gekommen war. Zuerst, als noch die Erweiterungspläne besprochen wurden, hatte Antoine seine Mutter am Herd abgelöst und neue Spezialitäten ausgetüftelt.

Die Kunden gewöhnten sich an ihn. Mit seiner weißen Mütze auf dem Kopf kam er und begrüßte sie, wenn sein Vater ihn darum bat.

»Komm einen Augenblick. Monsieur Bicard möchte dich kennenlernen …«

Er trocknete sich die Hände an der Schürze ab, und voller Stolz sagte Auguste, indem er auf seinen großen, breitschultrigen Sohn wies:

»Mein Sohn Antoine, der jetzt mein Teilhaber ist.«

In Wirklichkeit bestand damals noch gar keine echte Teilhaberschaft. Sein Vater gab ihm so viel Geld, wie er brauchte, genau wie früher, als er noch ein Jüngling war.

»Wie viel hast du in der ›Brasserie de Strasbourg‹ verdient? Ich biete dir das Doppelte …«

Das war mehrere Monate nach seinem Eintritt beim Vater gewesen, und seine Brüder billigten es.

Die Glaswand zwischen dem zweiten Saal und der Küche war seine Idee gewesen. Ein Freund hatte ihm einmal von einer solchen Einrichtung erzählt, die er in einem Mailänder Restaurant gesehen hatte.

Joseph, der schon vor dem Krieg im Restaurant gearbeitet hatte, hatte spöttisch angemerkt:

»Die Gäste werden sich vorkommen wie im Kasperletheater …«

Aus diesem Grund hieß der zweite Saal seit damals »Kasperletheater« oder »Senat«. Den ersten Saal mit seinem Zinktresen und den altmodischen Marmortischen hatten sie schließlich seiner Vergangenheit wegen »Flohbude« getauft.

»Übernimm du die Flohbude, ich bediene im Kasperletheater ...«

Die Kunden hatten davon natürlich keine Ahnung. Ebenso wenig kannten sie die Spitznamen, die der alte Joseph dem einen oder anderen von ihnen gab.

Ein Minister, der mindestens einmal in der Woche zum Mittagessen kam, wäre wenig erbaut gewesen, wenn er erfahren hätte, dass er hier »die Kugel« war, und eine Dame der Pariser Gesellschaft hätte der Schlag getroffen, wenn sie gewusst hätte, dass sie in der Rue de la Grande-Truanderie ganz ordinär »die Galosche« hieß.

Als Antoine Fernande begegnete, lebte er noch als Angestellter bei seinen Eltern. Seine Mutter kümmerte sich um den Haushalt im ersten Stock, wo er in dem Zimmer schlief, in das später Madame Ledru einzog.

Fernande war noch blutjung, schmächtig und verloren in einer Welt, in der sie sich nicht zurechtfand. Kaum ein paar Monate waren vergangen, seit sie aus ihrem bretonischen Dorf nach Paris gekommen war, und schon landete sie – nach ein paar Abenden in einem Tingeltangel in der Rue de Lappe – auf dem Gehsteig des Boulevard Sébastopol.

Er brauchte einige Zeit, ehe er wusste, dass er sie liebte, und erst dann sorgte er dafür, dass sie ein anderes Leben anfing, und mietete ihr ein Zimmer in einem Hotel in der Rue Étienne-Marcel, wo er sie jede Nacht besuchte.

Weil er als Einziger bei seinen Eltern geblieben war, konnte seine Mutter sich nicht an den Gedanken gewöhnen, dass er nun ein Mann war, und machte sich Sorgen, als sie merkte, dass er außer Haus schlief.

»Du solltest heiraten, Antoine… Es gibt doch genug anständige Mädchen im Viertel… Wozu denn groß herumsuchen… Ich bin sicher, dass Marie Chaussard…«

Das waren ihre Nachbarn. Die Chaussards waren Metzger. Der Vater war um dieselbe Zeit wie Auguste nach Paris gekommen, und beide hatten sich, mit nur einem Jahr Abstand, selbständig gemacht.

Marie war pausbäckig und drall wie nach seiner Erfahrung die meisten Frauen, die in einer Metzgerei leben.

Sie war etwas jünger als er. Auch ihr Bruder, Léon, arbeitete mit dem Vater und zerlegte ab sechs Uhr früh die geschlachteten Tiere hinter den noch geschlossenen Ladengittern.

Antoine hatte drei Jahre später nicht Marie Chaussard, sondern Fernande geheiratet, und seine Mutter hatte viele Tränen vergossen. Dann hatte er gewartet, bis die Wohnung im zweiten Stock frei wurde, und war dort eingezogen.

Seine Brüder wussten so gut wie nichts über das Leben, das er dort führte. Sie sahen es nur von außen. In ihren Augen hatte Antoine eine Schlampe geheiratet, die zu Hause den Pantoffel schwang.

Später hatten sie wohl oder übel feststellen müssen, dass die Schlampe keine so schlechte Ehefrau abgab.

Antoine selber bedauerte nur eins: dass er keine Kinder hatte, weil sich Fernande wenige Wochen nach ihrer Ankunft in Paris eine Geschlechtskrankheit zugezogen und sich hatte operieren lassen müssen.

Er verzieh es den Ärzten nicht, dass sie buchstäblich

wie Metzger mit ihr umgegangen waren. Sie selber litt noch immer darunter, und selbst nach so vielen Jahren schämte sie sich, ihn ihren Bauch sehen zu lassen.

»So ist das Leben …«, wie François, der rothaarige Kellner, zu sagen pflegte, der mit seinen fünfunddreißig Jahren fünf Kinder hatte und dessen Frau ein sechstes erwartete.

François hätte an einem oder zwei oder höchstens an dreien genug gehabt.

Er hatte sich bei Romainville, in der Nähe der Steinbrüche, eine Wohnung nehmen müssen, damit der ganze Kinderschwarm Platz hatte.

»So ist das Leben …«

Heute lief die Schlampe von ehedem mehrmals am Tag hinauf, um nach ihrer Schwiegermutter zu sehen, die sich dessen nicht mehr bewusst wurde.

In ihrem Sessel oder in ihrem Bett lebte sie in einer Art Traumwelt, und Gott weiß, welche Gestalt ihre Umgebung in ihren Augen annahm.

Manchmal zeigte sie ein flüchtiges Lächeln wie ein Säugling, oder sie klammerte sich an Madame Ledrus Arm, wenn eine unbestimmte Angst sie überfiel.

Sie war so abgemagert, dass sie körperlos zu sein schien. Sie litt nicht. Sie lebte in ihrer Welt und erkannte niemanden von den Menschen um sie herum.

Gleich würde Jojo, der Idiot der Markthallen, mit den riesig großen Händen, Antoines Obstkisten und Säcke ins Restaurant bringen.

Antoine befand sich wieder in der Rue de la Grande-Truanderie, eben trat er durch die kleine Tür bei Léon Chaussard ein.

Léon war zwei Jahre älter als er und besaß vier Metzgereien in Paris. Auch er hatte seinen Vater im Haus behalten, und noch immer machte der alte Mann mit seinen dreiundachtzig Jahren jeden Morgen seine Runde durch die Verkaufsstände der Markthallen.

Wenn am Nachmittag ein Sonnenstrahl auf den Gehsteig vor der Metzgerei fiel, setzte sich der Alte auf einen Stuhl und blieb dort, seine Pfeife paffend, eine oder zwei Stunden sitzen und beobachtete die Passanten.

»Was kannst du mir heute empfehlen?«

»Ich habe schönes Kalbsbries, nicht zu teuer…«

»Gib mir fünfzehn Portionen… Hast du Lammkoteletts?«

»Keine, wie du sie haben möchtest…«

Antoine befühlte verschiedene Fleischsorten, wählte aus und änderte dementsprechend seine Menüs.

»Stimmt es, dass es mitten im Restaurant passiert ist?«

»Ja…«

»Hat er gemerkt, dass er stirbt?«

»Ich weiß es nicht… Er ist umgefallen, und gleich darauf sah er aus, als hätte er das Bewusstsein verloren… Sein eines Auge war zu… Er atmete nur noch mit Mühe… Ich frage mich, ob man in solchen Fällen noch denkt…«

»Deine Mutter weiß nichts?«

Antoine zuckte die Schultern.

»Du weißt ja, in welchem Zustand sie ist…«

»Im Grunde ist es besser für sie…«

Vielleicht auch für Auguste, dem es erspart blieb, seine Frau zu begraben. Seit ihrer Heirat hatte er sie keine einzige Nacht allein gelassen, und noch in der allerletzten

Zeit, als sie ihn bereits wie einen Fremden oder einen Hund behandelte, setzte er sich ihr gegenüber hin, in der Hoffnung, sie könnten den Faden Gott weiß welchen Gesprächs wiederaufnehmen.

»Sind deine Brüder gekommen?«

»Nur Ferdinand ... Bernard konnte nicht benachrichtigt werden, er ist verreist ...«

Wie Antoine zwei Brüder hatte Léon zwei Schwestern. Eine davon war jene Marie, die Antoine hätte heiraten sollen. Beide Schwestern waren verheiratet, Marie mit einem Steuerbeamten, und als Léon das Geschäft seines Vaters übernahm, hatte er mit beiden Schwägern Ärger gehabt.

»Hat Ferdinand etwas gesagt?«

Sie verstanden sich ohne viele Worte.

»Am meisten geredet hat Nicole ...«

»Hat Bernard sie endlich geheiratet?«

»Nein, aber das kommt aufs Gleiche heraus ... Vergangene Nacht hätte man meinen können, sie spricht im Namen der Familie, um mich zur Rechenschaft zu ziehen ...«

»Deine Papiere sind hoffentlich in Ordnung ...«

»Ich habe nur den Brief, in dem mein Vater bestätigt, dass ich zur Hälfte am Geschäft beteiligt bin ...«

»Notariell beglaubigt?«

»Nicht einmal das ... Mein Vater hat sich von jemandem beraten lassen, den er seinen ›Rechtsbeistand‹ nannte, eine Art Rechtsberater, der in der Rue Coquillière ein kleines Büro hat ...«

»Kennst du ihn?«

»Ich habe ihn ein-, zweimal gesehen, als er im Restaurant aß ... Das ist schon lange her ... Ein schmuddeliger, schlecht angezogener Kerl, der immer mit einer dicken schwarzen Aktentasche herumlief... Jason, glaube ich, ... Ja, Ernest Jason ...«

»Ist er Rechtsanwalt?«

»Nein ... Soviel ich weiß, ist es ein ehemaliger Gerichtsvollzieher, der irgendwelche Scherereien gehabt hat... Mein Vater hatte volles Vertrauen zu ihm, weil seine Familie aus Riom stammte ...«

»Glaubst du, dass deine Brüder dich zwingen werden, zu verkaufen oder ihnen ihren Anteil auszubezahlen?«

»Ich bin auf alles gefasst... Vor allem bei den beiden Frauen... Meine Schwägerin, die sich früher immer geweigert hat, mit Nicole zu sprechen, hat sich auf ihre Seite geschlagen ...«

»Du würdest gut daran tun, nichts zu unternehmen, ohne einen Rechtsanwalt aufzusuchen, jemand Seriösen, der sich in Geschäftsdingen auskennt ...«

Sie gaben sich nicht die Hand, sie kannten sich zu lange.

»*Salut,* Léon ...«

»Viel Glück ...«

Es war kurz nach sieben. Die Rollläden am Bistro waren hochgezogen, und Jules, in blauer Schürze und aufgekrempelten Hemdsärmeln, hatte die Kaffeemaschine eingeschaltet.

Ein Korb ofenwarmer Croissants stand auf dem Tresen, daneben, auf einem Drahtgestell, eine Pyramide hartgekochter Eier.

»*Salut,* Chef ...«

Antoine ging um den Tresen herum, um sich einen Kaffee einzugießen. Er aß drei Croissants und, nach kurzem

Zögern, ein hartes Ei. An einem Tisch hatten zwei Gemüsehändler dicke Brote aus der Tasche gezogen und tranken dazu ihren Weißwein.

»Ist meine Frau noch nicht heruntergekommen?«

»Nein, noch nicht.«

»Hat jemand angerufen?«

Um diese Zeit ging er immer nach oben, um zu duschen und sich umzuziehen. Sobald dann der Küchenchef kam, stellten sie gemeinsam das Menü für den Mittag und für den Abend zusammen.

Es wurden immer nur zwei oder drei Gerichte ausgewechselt und mit roter Tinte in die große Speisekarte eingetragen.

Die anderen Speisen, von den Wurstspezialitäten bis zur *flangarde*, einer Art Pudding, wurden nicht ausgetauscht.

»Ist das Brot geliefert worden?«

Eben hatte er festgestellt, dass nur noch drei Laibe Brot im Fenster lagen.

»Wenn mein Bruder kommt, sag mir Bescheid.«

»Der Richter?«

Für jedermann, einschließlich der Familie, war Ferdinand einfach der Richter.

»Mein Sohn, der Richter…«, hatte noch tags zuvor der alte Auguste gesagt.

Er war stolz auf ihn gewesen. Zwar hatten die beiden nur noch wenig Kontakt, aber nichtsdestoweniger war dieser Staatsbeamte einer seiner Söhne.

Antoine war ein Mensch wie er. Sie verstanden sich. Sie führten das gleiche Leben, sie hatten die gleiche Art zu denken, sie lebten unter denselben Leuten.

Manchmal, wenn Auguste an einem Tisch mit Stammgästen ein Gläschen trank, sagte Antoine leise:

»Denk daran, was dir der Arzt gesagt hat…«

»Ich habe nur ein bisschen genippt… Ich kann doch alten Freunden nicht abschlagen, mit ihnen anzustoßen…«

Er hatte ein wenig Angst vor Antoine. Wenn er ein Glas in der Hand hielt und Antoine ihn von weitem ansah, kam er sich ertappt vor. Gelegentlich mogelte er und schenkte sich an der Theke ein Glas ein, wenn Jules kurz nicht da war und er glaubte, man würde es nicht bemerken.

Nicht Fernande hatte Antoine vor Jahren gedrängt, mit seinem Vater zu sprechen. Der Gedanke war Antoine selbst gekommen, und er hatte all seinen Mut zusammennehmen müssen, als ob er etwas Böses im Schilde führte.

»Wir müssen ernsthaft miteinander reden, Papa…«

Allein diese Worte waren fast unvorstellbar in einem Haus, wo sich das Leben wie in der Natur abspielte: ohne Komplikationen, ohne wirkliche Probleme.

»Worum geht es denn, Antoine?«

Es war gegen elf, als im Lokal wenig los war. Sie saßen im Kasperletheater. Hinter der Glasscheibe konnte man Julien Bernu mit seinem Gehilfen arbeiten sehen. Es war noch nicht Arthur, der damals erst siebzehn war, auch die dicke Louise war damals noch nicht zum Gemüseputzen eingestellt.

»Ich bin jetzt über dreißig… Ich bin verheiratet… Ich könnte Familienvater sein…«

»Ist deine Frau schwanger?«

»Nein… Der Arzt behauptet, dass sie keine Kinder bekommen kann…«

»Ist es das, worüber du mit mir sprechen willst?«

»Ich möchte mit dir über meine Situation im Geschäft reden…«

»Ich verstehe«, hatte Auguste gesagt, und seine Stirn hatte sich verdüstert.

Mit einer Handbewegung brachte er seinen Sohn zum Schweigen.

»Ich an deiner Stelle würde genauso handeln… Es ist ganz natürlich, dass du an die Zukunft denkst…«

»Ich arbeite gerne mit dir zusammen…«, hatte Antoine mit gesenktem Kopf gemurmelt, »aber nimm mal an…«

»Nehmen wir an, dass ich eines Tages sterbe, ja… Deine zwei Brüder werden ihren Anteil am Restaurant verlangen, in dem sie nie gearbeitet haben…«

Auguste hatte sich eine der kleinen, sehr schwarzen Zigarren angezündet, die er von Zeit zu Zeit rauchte.

»Du hast recht… Wir müssen das in Ordnung bringen… Ich muss mich bei meinem Rechtsbeistand erkundigen…«

Er hatte nicht gesagt, dass er mit Ferdinand darüber sprechen wolle, für ihn bezeichnete das Wort Rechtsbeistand sowohl Anwälte und Notare als auch Gerichtsvollzieher und Richter.

Jetzt, siebzehn Jahre nach dieser Unterredung, ermaß Antoine erstmals ihre Folgen.

Wochen waren vergangen, ohne dass die beiden Männer auf das Thema zurückkamen. Eines Nachmittags aber, als Antoine eben vom Mittagsschlaf herunterkam, reichte ihm sein Vater einen Umschlag.

»Lies dieses Papier durch, und sag, ob dir das reicht…«

Antoine ging wieder in seine Wohnung hinauf und las es fast verstohlen.

»Was ist denn das?«, fragte Fernande.

»Ein Geschäftspapier …«

»Etwas Unangenehmes?«

Der Unterzeichnete, Auguste-Victor-André Mature, geboren am 25. Juli 1887 in Saint-Hippolyte, Puy-de-Dôme …

Antoine las das Geburtsdatum zweimal. Es kam ihm so fern vor!

… Eigentümer der unter dem Namen ›Chez l'Auvergnat‹ bekannten Gaststätte in der Rue de la Grande-Truanderie …

Sein Vater hatte aufs Sorgfältigste einen Text abgeschrieben, den ein anderer für ihn verfasst hatte. Er hielt darin fest, dass das Restaurant als Ausgleich für die von Antoine im Geschäft investierten Summen und für die geleistete Arbeit künftig beiden Männern je zur Hälfte gehörte und dass der Reingewinn nach dem Jahresabschluss zu gleichen Teilen zwischen ihnen geteilt würde.

Einige Tage später hatte Antoine dieses Papier Ferdinand gezeigt.

»Was hältst du davon?«

»Wer hat den Text verfasst?«

»Ein Bekannter von Papa, zu dem er Vertrauen hat. Warum fragst du? Ist irgendetwas nicht in Ordnung?«

»Hervorragend ist es nicht gerade, aber alles in allem kann man es dabei belassen … Hast du wirklich Geld ins Geschäft gesteckt?«

»Meine ganzen Ersparnisse …«

Ferdinand hatte ihn ironisch angesehen.

»Du hast es gut, du konntest etwas beiseitelegen … Man sieht, dass du keine Kinder hast …«

»Ich muss auch mit Bernard darüber sprechen.«

»Das wird ihn ermuntern, dich häufiger anzupumpen …«

Wie schnell war die Zeit vergangen! Es war, als hätten diese Unterredungen gestern stattgefunden, und doch hatte sich das Restaurant inzwischen seine zwei Sterne im Guide Michelin verdient; und Marie-Laure, die hätte heiraten und Mutter werden können, hatte sich von der Familie getrennt und betrieb eine Boutique; Auguste war gestorben, und seine Frau gehörte praktisch nicht mehr der Welt der Lebenden an.

Hatte Antoine richtig gehandelt, als er das Papier unterzeichnete, das sein Vater ihm eines Nachmittags mit ernster Miene, womöglich widerstrebend, vorgelegt hatte?

Als Antoine eine Stunde später wieder hinunterging, standen ein halbes Dutzend Gäste am Tresen, andere saßen an den Tischen. Es war die Morgenkundschaft, die von den Markthallen und aus der Nachbarschaft kam. Alle sprachen natürlich von dem, was am Vorabend geschehen war, und so entstand eine plötzliche Stille, als Antoine eintrat.

»Ist mein Bruder nicht gekommen?«, sagte er erstaunt zu Jules, der Gläser spülte.

»Er ist in den ersten Stock hinaufgegangen ...«

Antoine war frisch rasiert und trug wie gewöhnlich einen dunklen Anzug. Er ging in den ersten Stock hinauf und öffnete die Tür, die nie abgeschlossen wurde, damit Madame Ledru nicht unnötig gestört wurde. Wozu auch abschließen?

Seine Mutter saß schon im Lehnstuhl am Fenster, dessen Musselingardine zurückgezogen war, damit sie sehen konnte, was auf der Straße geschah.

Madame Ledru, die Zeit gefunden hatte, sich herzurichten, gab ihr das Frühstück: kleine Bröckchen Butterbrot, in weiches Ei getunkt, die sie der alten Frau auf dem Löffelrand zwischen die Lippen schob.

»Suchen Sie Monsieur Ferdinand? Er ist hinten ...«

Antoine fand ihn am Fußende des Bettes vor, auf dem ihr Vater zwischen zwei frisch angezündeten Kerzen lag.

Ferdinand stand reglos da, den Blick auf das Gesicht des Toten gerichtet, von dem die Kieferbinde entfernt worden war, und schien zu beten. Betete er wirklich? Hatte Véronique, die jeden Sonntag zur Messe ging und freitags fastete, ihn bekehrt?

Lange standen die zwei Brüder schweigend nebeneinander. Sie blickten in dieselbe Richtung und fanden vielleicht in dieser Zeit etwas von der Verbundenheit wieder, die während ihrer Kindheit zwischen ihnen bestanden hatte.

Ferdinand wandte sich als Erster zur Tür. Antoine folgte ihm. Keiner von beiden blieb in dem düsteren Wohnzimmer stehen, wo sie sich fehl am Platz vorkamen. Sie gingen hinunter und setzten sich an einen Tisch im zweiten Saal, der leer war.

»Ist Véronique nicht mitgekommen?«

»Sie hat mich vor der Tür abgesetzt. Da sie schon in der Gegend war, wollte sie die Gelegenheit dazu benützen, in den Markthallen ein paar Besorgungen zu machen ...«

Sie hatte offensichtlich die beiden Brüder allein lassen wollen, es sei denn, Ferdinand selbst hätte es so gewünscht.

»Hast du Nachricht von Bernard?«

»Noch nicht ...«

»Glaubst du wirklich, dass Nicole nicht weiß, wo er ist?«

»Schwer zu sagen bei ihr ...«

Bernard war für Ferdinand ein ständiger Anlass zur Sorge, da er die ärgerliche Angewohnheit hatte, sich auf ziemlich dubiose Geschäfte einzulassen, und mehr als einmal war es vorgekommen, dass er einen ungedeckten Scheck unterzeichnet hatte. Jedes Mal hatte entweder der Vater oder einer der Brüder ihm aus der Patsche geholfen, aber vielleicht war das nicht immer möglich, und dann konnte Ferdinand im Palais de Justice in eine peinliche Lage geraten.

»Wie war er, als du ihn das letzte Mal gesehen hast?«

»Neu eingekleidet, mit einem triumphierenden Lächeln. Er war dabei, eine Gesellschaft für den Verkauf von Fernsehprogrammen ins Ausland aufzubauen ...«

Bernard hatte seine euphorischen Phasen. Dann war er gut angezogen, legte sich die Allüren eines bedeutenden Geschäftsmannes zu und nannte als Mitgesellschafter bekannte Persönlichkeiten, mit denen er, wenn man ihm glauben wollte, auf Du und Du stand.

»Ich habe gestern mit dem Minister diniert, und er sagte mir...«

Das Erstaunliche war, dass es manchmal sogar stimmte. Man sah ihn im ›Fouquet's‹, im ›Maxim's‹, im ›Berkeley‹ und nachts in den Bars, die gerade in Mode waren.

Er schaffte es, sich sonntags auf private Landsitze im Département Seine-et-Oise oder Eure einladen zu lassen, und meistens hatte er einen Wagen. War es seiner, oder hatte er ihn von einem Freund geborgt?

»Glaubst du an dieses Geschäft?«, fragte Antoine, der einiges von der Meinung seines älteren Bruders hielt.

»Wie an die anderen...«

Ein paar Wochen später war nicht mehr die Rede davon. Dann hatte man wieder einen Bernard im Wellentief vor sich, mit angespannten Gesichtszügen und ausweichendem Blick.

»Hör zu, Ferdinand, du musst mir unbedingt – zum letzten Mal – aus der Klemme helfen... Mit fünf Scheinen komme ich über die Runden, bis die große Summe eingeht, die ich erwarte... Dann bekommst du dein Geld zurück, und für den Fall, dass alle Stricke reißen, hast du ja mein Erbteil als Garantie...«

War es allein seine Schuld? Als er nach dem Einmarsch der deutschen Truppen aus der Armee entlassen wurde, fing gerade der Schwarzmarkt an zu blühen, und Bernard hatte entdeckt, wie man dort Geld verdienen konnte.

Er verschaffte einem Eisenwarenhändler in der Provinz ein Fass Nägel und bekam dafür Schinken, den er teuer weiterverkaufte. Alle Waren wurden knapp, alles war für den Schwarzhandel geeignet. Man brauchte lediglich herauszufinden, wo man sich die Ware beschaffen konnte, die zum Tauschgegenstand wurde.

In seinen Stammkneipen spitzte er die Ohren, und so wurde er zum Mittelsmann bei umfangreichen Schiebergeschäften.

»Na und?«, sagte er. »Was tue ich denn Schlimmes? Mein Vater tut es doch auch, oder? Wenn sich niemand um den Schwarzmarkt kümmern würde, wäre Paris längst verhungert…«

Ferdinand lag offenbar daran, über Bernard zu sprechen.

»Es sollte mich wundern, wenn er nicht heute noch ankäme. Nicole hat bestimmt schon mit ihm über die Erbschaft gesprochen…«

»Ich kann nichts dafür, dass Vater kein Testament hinterlassen hat…«

»Bernard wird es nicht glauben…«

»Und du?«

»Wir haben vielleicht nicht gründlich genug gesucht… Er kann es auch bei einem Notar hinterlegt haben oder in einem Banksafe… Du hast mit ihm zusammengelebt, du musst doch wissen, ob er manchmal auf eine Bank gegangen ist, und wenn ja, hat er sich sicher eine Bank im Viertel ausgesucht…«

Antoine schwieg, er wusste keine Antwort. Er sah schuldbewusst aus, obwohl er sich unschuldig fühlte.

»Wann hast du ihm jeweils seinen Gewinnanteil ausgezahlt?«

»Ende Januar nach der Inventur…«

»Eine hohe Summe?«

»Ziemlich hoch…«

»Hast du sie ihm mit einem Scheck ausgezahlt?«

»Nein. In bar. Hier bei den Markthallen wird alles in bar bezahlt. Die Versteigerer, die Gemüsehändler, die Wiederverkäufer – alle haben immer die Taschen voller Geldscheine…«

»Er hat seinen Anteil Ende Januar bekommen?«

»Anfang Februar… Am dritten Februar, genau…«

»Was hat er damit gemacht?«

»Das weiß ich nicht… Er ist damit nach oben gegangen…«

»Wir haben aber kein Geld gefunden…«

»Vielleicht weil wir nicht gründlich genug gesucht haben, wie du gesagt hast… Jetzt ist März… Er hat Zeit gehabt, das Geld irgendwohin zu bringen…«

»Hat er dir nie gesagt, ob er Häuser kauft?«

»Er hat mir nie irgendetwas anvertraut… Und mir stand es nicht zu, ihn auszufragen… Hättest du dich getraut, Rechenschaft von ihm zu verlangen?…«

Ferdinand musste zugeben, dass auch er sich nicht getraut hätte. Mochte ihr Vater auch älter geworden und manchmal von geradezu rührender Naivität gewesen sein, so war er doch das Familienoberhaupt geblieben und hatte auch den größten Wert darauf gelegt.

»Als ich mich vorhin mit Léon unterhielt, ist mir ein Gedanke gekommen…«

»Mit dem Metzger?«

»Ja… Ich erzählte ihm von dem Papier, das Vater seinerzeit unterschrieben hat… Er hat es nicht selber abgefasst… Er hat bloß einen Text abgeschrieben, den jemand anders für ihn aufgesetzt hat … Ich glaube, ich weiß, wer … Ein gewisser Jason, Ernest Jason, der früher in der Rue Coquillière ein Büro hatte … Zwei- oder dreimal war er hier zum Mittagessen … Ein älterer Mann mit einem ungesunden gelblichen Teint … Ich weiß nicht, was aus ihm geworden ist, aber ich will versuchen, es herauszufinden …«

»Am besten wäre es, wenn man ihn noch vor Bernards Rückkehr aufstöbern könnte …«

Es war merkwürdig, welche Angst sie beide, vor allem Ferdinand, vor ihrem jüngeren Bruder hatten, der beinahe auf die schiefe Bahn geraten wäre.

»Wann soll die Beerdigung sein?«

»Ich habe noch nicht darüber nachgedacht … Am Dienstag? …«

»Dann aber möglichst früh, ich habe am Dienstag einen schweren Tag im Palais …«

»Man kann sie frühestens auf neun Uhr legen …«

»Ich nehme an, dass eine Predigt gehalten wird?«

»Ich werde mich heute Vormittag darum kümmern. Zuerst muss ich zu den Leuten vom Beerdigungsinstitut …«

»Verschickst du Todesanzeigen?«

Mit großer Selbstverständlichkeit schob Ferdinand alle Pflichten und Sorgen auf seinen Bruder ab.

»Das ist unerlässlich …«

»Nicoles Namen kannst du nicht auf die Todesanzeige setzen …«

»Natürlich …«

»Noch eine Frage … Denke ja nicht, dass ich sie dir aus persönlichem Interesse stelle … Welchen Wert hat das Geschäft in neuen Francs, deiner Schätzung nach?«

»Schwer zu sagen … Die Entscheidung, die Markthallen nach Rungis zu verlegen, ist bereits gefallen und endgültig … Dann werden die meisten alten Häuser abgerissen, also auch dieses hier, wahrscheinlich die ganze Straße … Die Formalitäten ziehen sich noch in die Länge, aber aller Voraussicht nach ist das Viertel in drei Jahren verschwunden …

Also müsste der neue Besitzer spätestens in drei Jahren sein Geld herausgewirtschaftet haben … Unter diesen Umständen werden wir kaum mehr als hunderttausend neue Franc dafür bekommen …«

Ihm, der den ganzen Tag mit großen Scheinen umging, schien der Betrag geringfügig. Aufgrund der unwillkürlichen Reaktion Ferdinands wurde ihm klar, dass sein Bruder da anderer Ansicht war.

»Nach dem, was du sagst, nehme ich an, dass du in den letzten Jahren über fünfhunderttausend Franc an Vater gezahlt hast?«

»Er besaß sicher mehr als eine Million …«

»Bernard wird die Bücher sehen wollen …«

»Ich werde sie ihm zeigen.«

»Wenn er diese Zahlen sieht, wird er wütend …«

»Was kann ich dafür?«

Ferdinand sah auf seine Armbanduhr und stand auf.

»Meine Frau wartet sicher schon im Wagen … Ich überlasse es dir, dich um die Beerdigung zu kümmern …«

Dann zeigte er nach oben und sagte:

»Morgen ist Sonntag, ich hoffe, dass ich mit den Kindern kommen und ihn noch einmal sehen kann …«

Als er sich zum Gehen wandte, konnte er sich einen

bewundernden Blick auf Antoine nicht verkneifen, und wie im Spaß meinte er leise:

»Hör mal, du bist ja reich!«

»Ich arbeite …«

»Ich auch …«

Der alte Renault war ein paar Meter weiter am Gehsteig geparkt, und Véronique saß am Steuer.

»Hat er das Testament gefunden?«

»Nein. Ich glaube nicht, dass er lange gesucht hat. Er hat von einem Rechtsberater gesprochen, mit dem mein Vater früher in Verbindung stand … Er weiß aber nur, dass er in der Rue Coquillière wohnt …«

Sie schlängelten sich zwischen Lastwagen durch, der ganze Wagen roch nach dem Gemüse und den Blumen, die Véronique gekauft hatte.

Ferdinand wusste, dass es klüger war, mit seiner Frau nicht über das Geld zu reden, aber er konnte nicht an sich halten.

»Rate mal, wie viel Antoine an unseren Vater ausgezahlt hat, seit sie Teilhaber sind.«

»Keine Ahnung … Viel? …«

»Fast eine Million …«

»Alte Francs?«

»Neue …«

»Dann hätte ja Antoine auch eine Million?«

»Sieht fast so aus …«

»Also müssten wir über dreihunderttausend Franc erben? … Ganz abgesehen von unserem Anteil am Restaurant? …«

Sie sahen sich ungläubig an, zwischen Jubel und Furcht

hin- und hergerissen. Für sie, die bei jeder Ausgabe zögerten, waren diese Zahlen schwindelerregend.

Sie hätten sich geschämt, in der Rue de la Grande-Truanderie zu wohnen, wo es am Morgen nach den Markthallen und am Abend nach armen Leuten roch. Ebenso wenig hätten sie sich bereitgefunden, mehrmals am Tag die düstere, wurmstichige Treppe hinauf- oder hinunterzugehen und in Zimmern zu wohnen, die trotz der Modernisierung ärmlich wirkten. Die Metzgerei auf der einen, eine kleine Kurzwarenhandlung auf der anderen Seite. Und die ganze Nacht hindurch Lärm und Krach.

Aber Antoine hatte eine Million gescheffelt!

»Glaubst du, dass das Geld zum Vorschein kommen wird?«

»Irgendwo muss es ja sein …«

»Du kennst deinen Vater, du müsstest doch eine Vorstellung davon haben, was er mit seinem Geld gemacht haben könnte …«

»Während des Krieges hat er Gold gekauft, das hat er mir anvertraut. Ich weiß, dass er es im Haus verwahrte, aber wo, hat er mir nie gesagt … Ich habe keine Ahnung, ob er auch später noch Gold gekauft hat … Möglich ist es … Möglich ist auch, dass er Häuser gekauft hat … Jedenfalls sind das die Investitionen, die Leute seines Schlages reizen …«

Sie waren am Palais de Justice angekommen, und Ferdinand, nun wieder ganz der Richter, schritt auf die große Freitreppe zu, sorgenvoll, die Aktenmappe unter dem Arm. Zum Gerichtsdiener, der sich über seine Verspätung wunderte, sagte er bloß:

»Mein Vater ist gestorben…«

Und der Gerichtsdiener wusste nicht, ob er ihm sein Beileid aussprechen sollte.

»Lassen Sie Mauvis aus dem Untersuchungsgefängnis holen…«

Er durfte nicht mehr an diese Million denken, die ihm irgendwie auf den Magen geschlagen war. Er war nie neidisch gewesen, schon gar nicht auf seinen Bruder, obwohl der größer, jünger, besser gewachsen war als er.

Nun machte eine mit völlig natürlicher Stimme ausgesprochene Zahl plötzlich einen anderen Menschen aus Antoine.

Bis zu diesem Tag hatte sich Ferdinand, da er der Älteste war, ein wenig als Familienoberhaupt gefühlt. Er war intelligenter, gebildeter und hatte es nachweislich weiter gebracht als die anderen.

Allerdings fuhr Antoine einen teureren Wagen als er, und während der Betriebsferien im August reiste er mit Fernande nach Venedig, nach Griechenland, Spanien oder sonst wohin.

Eine dicke Akte lag vor ihm aufgeschlagen. In ein paar Minuten würde man ihm einen unscheinbaren kleinen Mann vorführen, der den ganzen Tag über in einer Bank arbeitete und monatlich doch nur knapp tausend Franc verdiente.

Mit einem Mal fühlte sich Ferdinand nun doch ungerecht behandelt. Antoine war mit Geldbündeln umgegangen, die man sich von Hand zu Hand weiterreichte wie eine gewöhnliche Ware. Er erinnerte sich noch, wie er als Kind die Großhändler anstaunte, wenn sie solche Bündel von Geldscheinen aus der Tasche zogen, während sie an der Theke ihren Kaffee mit Schnaps tranken.

Nie war ihm der Gedanke gekommen, dass Antoine wie sie geworden war.

»Hat Kommissar Brabant nicht angerufen?«

»Er ist einem neuen Zeugen auf der Spur, glaubt aber, dass er ihn wegen des Wochenendes heute nicht mehr erreichen wird …«

Angenommen, die Million seines Vaters fände sich – würde er seinen Rücktritt einreichen? Unwillkürlich dachte er darüber nach, während er seinen Bleistift spitzte.

Nein! Schon deshalb nicht, weil sein Erbteil nicht ausreichen würde, davon zu leben. Es war besser, das Rentenalter abzuwarten und dann die volle Rente zu beziehen.

Und was sollte er außerdem den ganzen Tag in seinem Appartement am Parc-de-Sceaux tun? Er hatte keine Freizeitbeschäftigung. Er war kein Bastler. Er hatte nie irgendetwas gesammelt. Er war weder Fischer noch Jäger.

Fast jeden Abend brachte er Akten mit nach Hause, die er studierte, während Véronique nebenan vor dem Fernseher saß.

Was würde er mit seiner Zeit anfangen, wenn er erst einmal pensioniert war? Würden sie die Wohnung verkaufen, die schon jetzt zu groß und so teuer war?

Und wohin dann? Aufs Land? Weder Véronique noch er selbst mochte das Land. Seine Frau hatte panische Angst vor Wespen und wollte nie mit den Kindern picknicken fahren, weil es ihr ein Greuel war, sich aufs Gras zu setzen.

Er würde lesen, schön. Er würde spazieren gehen.

Er fühlte sich plötzlich wie nackt, verwundbar. Er hatte geglaubt, er hätte sich ein normales, befriedigendes, ja beneidenswertes Leben aufgebaut, und nun stellte er fest, dass nichts davon Bestand hatte.

Außer vielleicht, wenn sich die Million wiederfand, die nicht er verdient hatte, die von anderswo kam, anfänglich von der geduldigen Arbeit seines Vaters und seiner Mutter in dem Bistro, dessen er sich schämte, später des alten Mannes und Antoines.

Auch sie, Véronique und er, würden dann reisen. Sie würden einen Teil des Winters in Südfrankreich verbringen, das sie von ein paar kurzen Aufenthalten her nur flüchtig kannten, weil sie nicht genug Geld gehabt hatten, um dort so zu leben, wie man dort eben leben muss.

Er beschuldigte Antoine nicht, sie getäuscht zu haben. Trotzdem hatte sein Bruder von dem Familienbetrieb profitiert und sich vorsorglich vom Vater ein Papier unterschreiben lassen.

Auch wenn nicht feststand, ob dieses Papier rechtlich hieb- und stichfest war. Ferdinand hatte wenig mit dem Zivilrecht zu tun und noch weniger mit dem Handelsrecht.

Er starrte auf die erste mit Schreibmaschine geschriebene Seite der Akte, ohne sie zu sehen. Da hörte er jemanden vor sich husten. Es war einer der beiden Gendarmen, die René Mauvis gebracht hatten.

Dieser stand, schmalschultrig und mit schlaffen Gesichtszügen, scheinbar gleichmütig zwischen den beiden Männern in Uniform.

»Setzen Sie sich.«

Er setzte sich auf einen Stuhl, während sich die beiden Gendarmen auf einer Bank an der Wand niederließen.

Ferdinand blickte auf seine Uhr, wie er es bei seinem Bruder getan hatte.

»Ihr Verteidiger ist nicht gekommen … Sind Sie sicher, Dubois, dass Sie ihn hergebeten haben? …«

Der Gerichtsdiener nickte bejahend. Auch er war ein armer Mann. Ebenso die zwei Gendarmen. Sie warteten. Eine halbe Stunde später warteten sie noch immer mit dem gleichen ausdruckslosen Gesicht wie Menschen, die vor einem Kino Schlange stehen, oder wie die Leute, die während des Kriegs vor einem Laden Schlange gestanden hatten.

Indirekt hatte ihr Vater vom Krieg profitiert. Dank der Nahrungsmittel, die er sich beschaffen konnte, war er zu einer neuen Kundschaft gekommen. Letzten Endes hatte also auch Antoine vom Krieg profitiert.

Bernard hatte nie so gut gelebt wie damals, und aus dieser Zeit waren ihm die schlechten Gewohnheiten geblieben. Er war nicht unglücklich. Wenn er Geld hatte, gab er es mit vollen Händen aus; wenn er keines hatte, pumpte er schamlos seinen Vater oder seine Brüder an.

»Rufen Sie doch im Büro von Maître Gerbois an …«

Der Gerichtsdiener gehorchte. Gleich darauf drückte seine Stimme Erstaunen aus.

»Sind Sie sicher, Mademoiselle? … Hat er keine Nachricht hinterlassen? …«

Völlig verdattert, wagte der arme Mann es kaum, dem Richter zu sagen, was er gerade erfahren hatte.

»Maître Gerbois und seine Frau sind gestern Abend im Wagen auf ihre Besitzung bei Dreux gefahren.«

Alle saßen sie umsonst hier.

»Bringen Sie ihn in seine Zelle zurück …«

Die Hände noch immer in Handschellen, stand Mauvis gehorsam auf und folgte dem ersten Gendarmen, während der zweite den Zug beschloss.

»Sie können ebenfalls gehen, Dubois.«

»Bleiben Sie noch, Herr Richter?«

»Ich weiß noch nicht … Mal sehen …«

Er hatte nichts zu tun, aber es zog ihn auch nicht nach Hause, wo er ebenso wenig zu tun hatte.

Er ging als Letzter. Langsam nahm er Mantel und Hut vom Kleiderständer, dann drehte er sich im leeren Gang um und schloss die Tür ab.

4

Es war halb eins. Die Sonne schien schräg in den Speisesaal mit dem alten Tresen, der jetzt mehr nach einem Theaterrequisit aussah als nach einem richtigen Tresen. Die Flohbude, wie der alte Joseph sagte, obwohl die Kundschaft mit der Zeit so ziemlich die gleiche war wie im Kasperletheater.

Fernande hatte sich eben in ihrem schwarzen Kleid auf den hohen Stuhl hinter der Kasse gesetzt, während Liselotte in der Garderobe ihre Röcke über die Schenkel hochschob, um ihre Strumpfbänder zu richten.

Es waren erst etwa zehn Gäste da. Julien Bernu und sein Gehilfe waren auf ihren Posten. Alles stand bereit, wie im Theater: die Hauptdarsteller und die Statisten. Es war in der Tat wie ein zweimal täglich aufgeführtes Theaterstück, jeder kannte seine Rolle in- und auswendig.

Antoine ging auf ein Paar zu, das Hemd tadellos weiß, in der Hand die Speisekarte auf dem schönen gelbgetönten Papier, die der alte Spaßvogel Joseph immer das Programm nannte.

Am Samstag war nie viel Betrieb, seit die feinen Leute dazu übergegangen waren, das Wochenende schon am Freitag zu beginnen. Sogar die Straßen in Paris hatten dadurch ein anderes Aussehen.

Als sich die Eingangstür öffnete, war es kein Gast, der eintrat, sondern – in Kamelhaarmantel und beigem Hut – Bernard Mature.

Er machte zwei, drei Schritte, dann pflanzte er sich in der Mitte des ersten Saals auf. Ohne seine Schwägerin eines Blickes zu würdigen, die Augen starr auf seinen Bruder geheftet, wartete er, dass dieser ihn bemerkte.

Antoine ging zur Glaswand, um an der Durchreiche die Bestellung, die er eben aufgenommen hatte, an den Küchenchef weiterzugeben. Als er sich umwandte, erkannte er seinen Bruder, zog die Brauen hoch und trat auf ihn zu.

»Guten Tag, Bernard … Hat Nicole dich endlich erreicht? …«

»Ich bin gerade aus dem Flugzeug gestiegen … Sie hat mich in Orly abgeholt und konnte mir also erzählen, was passiert ist …«

Er hatte eine Fahne. Man konnte ihn nicht direkt als Alkoholiker bezeichnen, aber er trank doch täglich mehrere Gläser Whisky, wie die meisten Leute, die ein bestimmtes Leben führen und in den Bars verkehren, die gerade in Mode sind.

In seinen guten, den glanzvollen Phasen neigte er nicht dazu, über die Stränge zu schlagen, aber sobald die Misserfolge begannen, trank er mehr.

Dann wurden seine Züge schlaff, sein Fleisch schwammig, seine Augen feucht. Das war seine Art, sich Mut zu machen und Selbstvertrauen zu gewinnen. Im Grunde war er ein schwacher Mensch, und es war zu einfach, sein Versagen auf den Krieg zu schieben.

Antoine sah ihn leicht gequält an. Der Augenblick war

denkbar ungünstig. Ein ganzer Schwarm Gäste trat ein und sah sich zögernd nach freien Tischen um. Mit einem kurzen Blick gab Antoine Joseph zu verstehen, dass er ihm die Leitung überließ.

»Komm ...«

Er führte Bernard zur kleinen Tür, die auf Flur und Treppenhaus ging. Als Bernard an Fernande vorbeikam, grüßte er sie nicht, was ein schlechtes Zeichen war.

Er war der einzige Dicke in der Familie. Schon als Kind war er kugelrund gewesen und wegen seines breiten Hinterteils verspottet worden. Er hatte fleischige Lippen, wie eine Frau, das Kinn darunter war aber so schwach ausgeprägt, dass er mit zwanzig einmal mehrere Monate lang einen Bart trug, um diesen Makel zu verbergen.

»Willst du ihn sehen?«

Bernard gab keine Antwort. Er konnte es nicht ablehnen, seinen Vater zu sehen, aber man merkte, dass er nicht deshalb gekommen war. Immer noch im Mantel, blieb er eine Weile unbeweglich und verdrossen am Bettrand stehen.

»Hat Maman etwas gemerkt?«

»Nein, sie ist immer gleich.«

»Ich muss mit dir reden.«

Antoine wollte nicht, dass die Unterredung hier stattfand, in diesem Wohnzimmer im ersten Stock, zwischen dem Raum, in dem sein Vater aufgebahrt lag, und dem Schlafzimmer, in dem ihre Mutter vor sich hin dämmerte.

»Komm nach oben ...«

Kaum waren sie im zweiten Stock, wurde Bernard aggressiv. Er hatte sich darauf vorbereitet, nicht erst seit

Orly, sondern seit Nicole ihn an der Côte d'Azur angerufen hatte.

»Hat sich das Geld gefunden?«

»Leg deinen Mantel ab. Setz dich ...«

»Ich habe dir eine Frage gestellt ...«

»Bis jetzt hat sich nichts gefunden, aber wir hatten auch noch keine Zeit, gründlich zu suchen ... Du musst zugeben, dass jetzt nicht der rechte Augenblick ist, um die Wohnung unserer Eltern bis in den letzten Winkel zu durchstöbern ...«

»Du machst es dir mit deiner Antwort zu leicht!«, stieß Bernard hervor, zog aber doch seinen Mantel aus.

»Was willst du damit sagen?«

»Seit du dich vor zwanzig Jahren in diesem Haus wohnlich eingerichtet hast, kennen wir, Ferdinand und ich, es sozusagen nicht mehr ... Du hast mit unserem Vater gelebt ... Ihr wart von morgens bis abends zusammen ... Du wusstest über seine Gewohnheiten Bescheid ... Also darf ich es doch wohl für etwas seltsam halten, dass du nicht weißt, was er mit seinem Geld gemacht hat ...«

»Du weißt doch, wie er war ...«

»Entschuldige! Ich kenne ihn, wie ein Kind seine Eltern kennt ... Ich habe mit Ferdinand telefoniert ... Er war gerade nach Hause gekommen ... Ich habe den Eindruck, dass er der Sache ebenso wenig traut wie ich ...«

Er zündete sich eine Zigarette an, suchte einen Aschenbecher, suchte auch, wie es schien, etwas zu trinken. Seine Hände zitterten.

»Das ist doch äußerst bequem ... Papa stirbt plötzlich, und ihr, Fernande und du, seid allein im Haus ...«

Antoine berichtigte sanft:

»Dreißig Leute waren da, als es geschah… Und seither hat Madame Ledru das Haus nicht verlassen…«

»Wer hat sie herbestellt?«

»Ich.«

»Na, siehst du! Zwei Stunden hast du gewartet, bevor du Ferdinand angerufen und dann versucht hast, mich zu erreichen.«

»Ich konnte nicht vom Restaurant weg…«

»Hätte nicht Joseph dich vertreten können?«

»Das wäre an dem Abend schwierig gewesen… Ich hatte wichtige Gäste…«

»Fest steht jedenfalls: Als Ferdinand ankam, war unser Vater schon aufgebahrt, mit einer Kerze auf jeder Seite…«

Der Alkohol, den er getrunken hatte, zeigte Wirkung. Man merkte, dass er den Boden unter den Füßen verlor, obwohl er sich bemühte, weiter in Schwung zu bleiben. Wortlos holte Antoine eine Flasche Whisky aus einem kleinen, mit Flaschen gefüllten Möbelstück und stellte ein Glas und eine Karaffe Wasser auf ein Tischchen.

»Du trinkst nicht?«

»Nie während der Arbeit, das weißt du doch.«

Bernard befand sich in einem Stadium, in dem ihm alles verdächtig vorkam. Dennoch goss er sich ein Glas ein und nahm einen großen Schluck Whisky pur.

»Ich hab heute Nacht kaum geschlafen… Ein paar Leute, mit denen ich geschäftlich zu tun habe, hielten mich im Casino fest… Hast du heute Morgen wieder gesucht?«

»Ich hatte keine Zeit… Ich musste mich um das Restaurant kümmern und dann um die Beerdigung… Fernande hat die Todesanzeige aufgesetzt…«

»Am Dienstag soll es sein?«

»Ich habe Ferdinand gefragt. Es musste unbedingt ein Datum festgelegt werden. Und ihm passte am besten neun Uhr morgens…«

»Wer übernimmt die Erbschaftssache?«

»Was willst du damit sagen?«

»Anscheinend geht es um eine Million, das Geschäft nicht eingerechnet… Wir sind drei… Solche Angelegenheiten darf man nicht auf die leichte Schulter nehmen… Gewöhnlich vertritt ein Anwalt die Interessen eines jeden und wacht darüber, dass alles mit rechten Dingen zugeht…«

»Ich weiß nicht, ob Vater einen Notar hatte…«

»Findest du es normal, dass er kein Testament gemacht hat?«

»Er hat nicht damit gerechnet, dass er plötzlich an einer Embolie sterben würde… Außerdem hinterlassen Leute wie er selten ein Testament… Wahrscheinlich hat er gedacht, dass seine drei Söhne…«

Er verbiss sich den Rest.

»Weiter…«, sagte Bernard herausfordernd.

»Auch ich hatte angenommen, dass ihr mir vertraut…«

»Verdammt!… Vater stirbt, und von der Million, die er in den letzten zwanzig Jahren verdient hat, findet sich keine Spur… Deine Million hast du natürlich in Sicherheit gebracht… Die seine hat sich auf mysteriöse Weise in Rauch aufgelöst…«

Er trat eine halbgerauchte Zigarette auf dem Teppichboden aus, obwohl ein Aschenbecher in Reichweite stand.

Antoine erklärte geduldig:

»Vater ist vor knapp vierundzwanzig Stunden gestorben… Ich habe mir die Zeit genommen und bin heute Morgen in die Rue Coquillière gegangen, um einen Rechtsberater namens Jason ausfindig zu machen, mit dem Papa in Verbindung stand… Was ich gefunden habe, ist ein altes Haus voller mehr oder weniger schmieriger Büros mit Emailleschildern an jeder Tür…

Seit drei Jahren ist Jason verschwunden, ausgezogen, ohne eine Adresse zu hinterlassen. Er hat aber immerhin der Concierge anvertraut, dass er sich nach Villeneuve-Saint-Georges zurückziehen werde, wo er ein kleines Häuschen hat…«

Antoine brachte es nicht fertig, seinem Bruder zu grollen, und wie er ihn da sitzen sah, erstarrt in einer Pose, die alles sagte, machte er eine Entdeckung. Bernard war alterslos, oder genauer: Er hatte jedes Alter gleichzeitig. In seinem unentschlossenen Gesicht fand man das Kind von früher, den jungen Menschen, der sich nirgends zu Hause fühlte, den reifen Mann, der seinen Platz nicht finden konnte.

Würde er alt werden? War er dazu gesund genug? Wenn ja, dann würde er einer jener alten Männer werden, die, weil sie nichts dazugelernt haben, in einem fort ihre Träume erzählen, als wären sie Wirklichkeit.

Hatte nicht auch ihr Vater bis zum Schluss seine kindliche Seite gehabt? In dem Augenblick, da er zusammenbrach, war er dabei, einem jungen Paar das Bild des Mannes zu zeigen, der er einmal gewesen war, eines jungen, selbstsicheren Mannes, der mit angespannten Muskeln und keckem Schnauzbart auf der Schwelle seines Reiches stand.

»Wann kommt Ferdinand wieder?«

»Wie meinst du das?«

»Ich nehme doch an, dass wir alle zusammenkommen werden… Wir wissen noch nicht einmal, wann er in den Sarg gelegt wird; man könnte meinen, es wäre nur dein Vater…«

Was aus seiner Haltung, seiner Stimme, seinem Blick sprach, war nicht der Groll des Augenblicks, sondern ein alter, in vielen Jahren gereifter Groll.

Sie waren nur vier Jahre auseinander. Ferdinand und Antoine waren eine Zeitlang echte Brüder gewesen.

Bernard hatte nie mit ihnen gespielt, hatte ihnen nie etwas anvertraut.

Bei dem geringsten Anlass hatte er sich bei der Mutter beschwert, die ihn immer in Schutz nahm.

»Lasst euren kleinen Bruder in Ruhe, ihr zwei… Schämt ihr euch nicht, über ihn herzufallen?…«

Der kleine Bruder! Das war er immer gewesen. Er war es geblieben. Er hätte auch jetzt noch, wie damals als Kind, einen Wutanfall bekommen und weinend mit dem Fuß aufstampfen können.

»Dass du es weißt, Antoine, mit mir kann man nicht nach Belieben umspringen… Ich habe Rechtsanwälte unter meinen Freunden… Noch heute Nachmittag werde ich sie um Rat fragen… Und was Nicole betrifft, so verlange ich, dass sie nicht wie eine unerwünschte Fremde behandelt wird, wenn sie den Fuß in dieses Haus setzt, sondern wie ein Familienmitglied… Wenn du es wissen willst – ich bin entschlossen, sie zu heiraten…«

»Hast du mir noch etwas zu sagen?«

»Ich rate dir im Guten, das Testament und das Geld zu finden… Kennst du den juristischen Fachausdruck, der bald auf dich angewendet werden könnte?… Erbschleicherei… Vielleicht sehe ich aus wie ein Hampelmann, aber in juristischen Fragen habe ich eine gewisse Erfahrung…«

Er blickte auf die Flasche, zögerte, schenkte sich schließlich noch ein Glas ein und trank es in einem Zug aus.

»Glaub ja nicht, dass ich betrunken bin… Ich weiß genau, was ich sage und was ich tue, und ich kann dir mitteilen, dass Ferdinand auf meiner Seite stehen wird…«

Er hatte einige Mühe, die Ärmel in seinem Mantel zu finden, setzte seinen Hut auf und ging auf die Treppe hinaus.

»Wer Ohren hat zu hören, der höre. *Salut!*«

Es war grotesk, theatralisch. Trotzdem fühlte sich Antoine deprimiert, und beinahe hätte auch er vor dem Hinuntergehen rasch ein Glas getrunken, um sich wieder zu fangen.

Er tat es nicht, ließ Bernard Zeit, aus dem Haus zu gehen, und stieg dann langsam in den Senat hinunter. Fernande warf ihm einen besorgten Blick zu. Um sie zu beruhigen, zuckte er rasch mit den Schultern, ehe er einem Stammgast die Hand gab.

Ein seltsames Metier! Sie waren wie Schauspieler auf der Bühne. Tag für Tag konnten seine Frau und er sich während Stunden nur durch Blicke oder ein paar geflüsterte Worte verständigen. Sie mussten lächeln, mussten sich die Geschichten oder die vertraulichen Mitteilungen der Gäste anhören.

Mit seinen neunundvierzig Jahren fing er bereits an, wie Joseph zu gehen. Die meisten Oberkellner, Kellner und Gastwirte bekommen über kurz oder lang Plattfüße.

Ihre Welt ist nicht die Welt, wie die anderen sie sehen: Sie besteht nur noch aus nummerierten Tischen, bekannten oder unbekannten Gesichtern, Gerichten, Rechnungen.

Seit zwanzig Jahren sah er auf demselben Wägelchen die gleichen Wurstspezialitäten in der gleichen Anordnung.

Mit der immer gleichen Geste reichte er die Speisekarte, mit der immer gleichen Geste schenkte er feierlich die ersten Tropfen eines Gamay d'Auvergne, Chanturgue, Rosé de Corent oder Sauvagnat ein.

Die Gäste kosteten die Flüssigkeit, als ob sie etwas davon verstünden, schnalzten mit der Zunge und warfen ihm verschwörerische Blicke zu …

Auguste hatte einen drei Jahre älteren Bruder, der noch in Saint-Hippolyte wohnte. Fernande hatte versucht, ihn zu erreichen, doch vergeblich; der alte Mann hatte es immer abgelehnt, sich ein Telefon einrichten zu lassen.

Und was aus seinen Kindern geworden war – zwei oder drei, ein Mädchen auf jeden Fall, an das Antoine sich schwach erinnerte –, wusste man nicht.

Fernande hatte ein Telegramm geschickt. Der Bruder hieß Hector. Als Antoine ihn vor dem Krieg das letzte Mal gesehen hatte, war er selber noch ein Kind gewesen, aber die Ähnlichkeit mit seinem Vater war ihm aufgefallen; nur war das Gesicht des Onkels kantiger gewesen, und seine Haut hatte die Farbe gebrannter Tonerde gehabt.

Da war auch noch eine Bourdin, eine Schwester seiner Mutter, die man nicht hatte verständigen können. Sie hatte einen Kolonialwarenhändler in Riom geheiratet, der vermutlich gestorben war, denn sein Name stand nicht mehr im Telefonbuch.

An diesen Kleinkram, den er sich nicht aus dem Kopf schlagen konnte, dachte Antoine, während er geschäftig zwischen den Tischen und der Durchreiche hin und her und manchmal auch in die Küche ging, um dem Küchenchef den Wunsch eines Gastes zu erläutern.

»Auf keinen Fall Knoblauch… Auch keine Zwiebeln…«

Manchmal warf er unwillkürlich einen Blick in den ersten Speisesaal, als erwartete er, dort seinen Vater zu sehen, wie er eben einem Gast ein Glas aufs Haus anbot.

Dann sah er ihn wieder oben im ersten Stock liegen, reglos mit gefalteten Händen, und es wollte ihm nicht in den Kopf, dass er endgültig tot war, dass es hinter seiner nun kalten Stirn keinen Gedanken mehr geben sollte.

Gerade eben noch, als er mit Bernard ins Zimmer getreten war, hätte er sich am liebsten entschuldigt und leise gesagt:

»Verzeihung, Papa…«

Er ließ sie einen nach dem andern vor seinem inneren Auge vorüberziehen, Ferdinand, Véronique, Nicole, Bernard, wie sie ans Fußende des Bettes getreten und dort eine Weile stehen geblieben waren, reglos wie in der Kirche. Der Tote kam ihnen wie ein Gegenstand vor, es schien sie nicht zu wundern, dass ihr Vater plötzlich erstarrt war.

Antoine hingegen erwartete, dass er gleich etwas sagen werde. Es fehlte nicht viel, und er wäre zu ihm gegangen und hätte gesagt:

»Da siehst du, in was für eine missliche Lage sie mich bringen! ... Ich nehme es ihnen nicht übel, aber ich würde diese Geschichten gerne vermeiden ...«

Auch er war überrascht. Er wusste, dass sein Vater in Geldangelegenheiten immer verschwiegen und geheimnistuerisch gewesen war, wie ein Bauer eben. So hatte er sich beispielsweise nie daran gewöhnen können, dass sich die Regierung das Recht anmaßte, ihn zu fragen, wie viel er verdiene.

Das waren die Früchte seiner, Augustes, höchst eigener Arbeit, der sich schon seinen Lebensunterhalt verdiente, als andere, Gleichaltrige, noch mit Murmeln spielten. Nie war ihm der Gedanke an Urlaub gekommen. Allerhöchstens war er von Zeit zu Zeit in seine Heimat gefahren, und auch das war schon lange nicht mehr vorgekommen.

Das letzte Mal war er ganz verstört zurückgekommen. Er hatte gesagt:

»Sie sind fast alle tot oder liegen im Sterben ... Alles ist jetzt voller Fremder, in Riom und auch in Saint-Hippolyte ...«

Ein Fremder war für ihn jemand, der nicht in seinem Dorf, in seiner Straße geboren war.

»In Riom haben sie jetzt Geschäfte wie in Paris, und die Frauen zeigen auf der Straße ihre Knie ...«

Stundenlang konnte er mit Chaussard, dem Metzger

von nebenan, über Leute reden, die nur noch in ihrer Erinnerung und in Fotoalben existierten. Manchmal hätte man meinen können, sie säßen noch auf der Schulbank.

»Erinnerst du dich, Alfred, wie ich ihm gesagt habe …«

»Moment mal, Auguste, nicht du hast Scheiße zu ihm gesagt … Der kleine Arthur war's, dessen Vater Schmied war … Warte, gleich fällt mir sein Name wieder ein … Das war ein boshafter Kerl …«

Ob sich die beiden Männer nicht auch andere Geheimnisse anvertraut hatten? Beide waren erfolgreiche Geschäftsmänner gewesen. Chaussard mit seinen vier Metzgereien in Paris war der reichere.

Ob es sie nicht gelegentlich gereizt hatte, ihre Erfolge miteinander zu vergleichen? Antoine nahm sich vor, den alten Alfred danach zu fragen, auch wenn er bestimmt misstrauisch sein würde, denn genau wie Auguste brachte er der jungen Generation im Allgemeinen nur ein sehr begrenztes Vertrauen entgegen.

Für sie war Antoine immer noch in kurzen Hosen.

Er hätte sich gerne bald mit Fernande unterhalten. Sie hatten sich seit dem Morgen kaum gesehen und waren nur zusammen gewesen, solange der Mann vom Beerdigungsinstitut da war.

Dann hatte seine Frau ihm die Liste der Leute gezeigt, denen eine Todesanzeige geschickt werden musste.

»Was soll ich mit den Leuten des Auvergner Vereins machen?«

»Davon gibt es sicher Tausende … Man kann nicht jedermann benachrichtigen … Ruf an und verlang eine Liste der Vorstandsmitglieder …«

»Glaubst du nicht, dass sie dann mit Fahne und Musik ankommen werden?... Dein Vater ist Präsident ihres Vereins gewesen... Ich erinnere mich an eine Beerdigung, zu der manche sogar in Tracht gekommen sind...«

Währenddessen lag Auguste da oben, still, die Hände über dem Bauch gefaltet und einen Rosenkranz zwischen den Fingern, wie zu der Zeit, als er noch Ministrant gewesen war.

»Ich weiß nicht, ob es in Riom eine Zeitung gibt... Sicher gibt es eine in Clermont-Ferrand... Du solltest ihr telefonisch den Text der Todesanzeige durchgeben...«

Bestimmt hatten sie irgendwelche Neffen oder Großneffen vergessen, die sich darüber ärgern würden.

Das Telefon an der Kasse klingelte. Fernande nahm den Hörer ab.

»Einen Augenblick...«

Sie blickte ihren Mann an, der ihr den Hörer abnahm.

»Ferdinand«, murmelte sie.

Die Stimme seines Bruders klang barsch.

»Ich habe eben mit Bernard telefoniert... Hallo!... Hörst du mich?«

»Ja...«

»Bist du im Restaurant?«

»Wo sonst, um diese Zeit?«

»Wir haben beschlossen, uns morgen alle zu treffen... Ich nehme an, dass du immer noch am Sonntag geschlossen hast?...«

»Wie gewöhnlich...«

»Was ist dir lieber?... Vormittag oder Nachmittag?...«

»Das ist mir gleich.«

»Am Vormittag könnte ich wegen der Messe nicht vor elf Uhr da sein, und da wir viel zu besprechen haben, ist es wohl besser, wir legen das Treffen auf den Nachmittag…«

»Um wie viel Uhr?«

»Um zwei?«

»Einverstanden.«

»Hast du noch immer nichts gefunden?«

»Nein.«

»Ich habe Bernard zu beruhigen versucht…«

»Ich danke dir…«

»Wahrscheinlich werde ich Jean-Loup und seine Schwester mitbringen… Sie sind ja mit betroffen…«

»Bis morgen…«

Er hatte während des Gesprächs unablässig seine Frau angesehen. Ehe er die Rechnung an einen Tisch trug, flüsterte er ihr nur rasch zu:

»Morgen um zwei Uhr… Großer Familienrat…«

Fast eine Stunde hatte er auf einer Bank im Rathaus gewartet und sich von einem Beamten zum nächsten weiterreichen lassen, ehe er die Adresse von Ernest Jason bekam. Ohne abzuwarten, bis alle Gäste gegangen waren, hatte er sofort nach dem Mittagessen seinen Wagen aus der Garage geholt und war nach Villeneuve-Saint-Georges gefahren.

Jetzt musste er nur noch die Rue des Ajoncs finden. Vergebens fragte er mehrere Personen danach. Schließlich wies man ihn in ein abgelegenes Viertel neben einem Gelände, auf dem mehrere Eisenbahngleise endeten, und nachdem er mehrmals im Kreis gefahren war, durch Straßen mit alten Häuschen und Werkstätten, entdeckte er auf einem Schild den gesuchten Namen.

Die Straße war nicht lang. Früher hatte sie wohl an Feldern vorbeigeführt, man sah noch Bäume in den kleinen Gärten. Das Eckhaus war ein kleines, menschenleeres Café; er trat ein, um sich nach Jason zu erkundigen, und bestellte ein Bier.

»Jason? ... Ist mir hier im Viertel nicht bekannt ... Sind Sie sicher, dass er in der Rue des Murets wohnt? ... Wir wohnen selber erst zwei Jahre hier, wissen Sie ...«

Sie trug rote Pantoffeln und ein Strickkleid, das ihr wie ein Zelt über die Hüften fiel. Eine Katze lag auf einem strohgeflochtenen Stuhl neben dem Kanonenofen, dessen Rohr durch die Decke verlief.

Das alles sah nicht nach einem richtigen Café aus, man fragte sich, wer wohl Lust verspüren mochte, hier Platz zu nehmen.

Ein Mann mit krummem Rücken kam, eine Zange in der Hand, aus dem Garten herein.

»Joseph, kennst du einen gewissen Jason?«

»Weiter oben, links ... Aber der wohnt nicht mehr da ... Ich glaube sogar, er ist gestorben, aber seine Tochter wohnt noch im Haus ... Es heißt ›Les Linottes‹ ...«

An dieser Straße schien der Fortschritt der Stadt vorübergegangen zu sein. Gras wuchs zwischen den Pflastersteinen. Die Häuschen mit Holzbalkonen und verschnörkelten Dächern waren alle mehr oder weniger gleich, nur die Farbe der Fensterläden variierte. An dem Haus ›Les Linottes‹ waren sie gelb und seit Jahren nicht mehr neu gestrichen worden.

Er drückte ein ebenfalls gelbgestrichenes Gatter zwischen den Buchsbaumhecken auf und durchquerte vier Meter brachliegenden Garten, ehe er an der Tür klingelte.

Auf der Straße regte sich nichts. Im Haus ebenso wenig. Er hörte nur die Züge ankommen und abfahren, Waggons, die im Rangierbahnhof aneinanderstießen. Ein großes Flugzeug beschrieb einen Kreis im hellblauen Himmel, ehe es zum Landeanflug in Orly ansetzte.

Er klingelte nochmals, klopfte an die Tür. Dann trat er zurück, warf einen Blick auf die Fenster. In dem linken entdeckte er ein Gesicht hinter der Gardine.

Er klopfte ans Fenster, und die Frau entschloss sich zu öffnen.

»Was wollen Sie?«

Es war fast nichts von ihr zu sehen, kaum die Hälfte ihres Gesichts, ein Auge, ungekämmtes Haar und eine schmutzige Schürze.

»Wohnt hier Monsieur Ernest Jason?«

»Kennen Sie ihn?«

»Nein.«

»Was kümmert es Sie dann, ob er hier wohnt oder nicht?«

Sie war störrisch. Störrisch und dumm. Unnötig aggressiv. Der Blick aus dem einen Auge, das er sah, war misstrauisch.

»Ich muss ihn um eine wichtige Auskunft bitten.«

»Was für eine Auskunft?«

»Eine persönliche Angelegenheit. Sagen Sie mir wenigstens, wann ich ihn sprechen kann.«

»Sie können ihn nicht sprechen. Er ist tot.«

»Schon lange?«

»Interessiert Sie das?«

»Sonst würde ich nicht danach fragen.«

»Nächste Woche sind es sechs Monate.«

»Kannten Sie ihn näher? Haben Sie dieses Häuschen von ihm gemietet?«

»Ich brauchte es nicht zu mieten. Er war mein Vater.«

Er hatte den Fuß in die Tür gestellt, damit sie sie ihm nicht vor der Nase zuschlagen konnte, und drückte sie langsam weiter auf.

»Kann ich mit Ihnen sprechen?«

Endlich sah er sie ganz. Sie war fett, sah krank aus, mit geschwollenen Beinen und einem aufgedunsenen Gesicht von ungesundem Rosa. Die blauen Augen drückten eine instinktive Angst aus.

Widerwillig ließ sie ihn eintreten. Der Gang war mit kleinen Fliesen in allen Farben ausgelegt. Das linke Zimmer war Wohn- und Esszimmer in einem, aber ein Esszimmer, in dem nicht gegessen wurde. In einem Käfig hüpfte ein Kanarienvogel.

Alles war wie erstarrt und außerhalb der Zeit – wie die Uhr, die sicher seit Jahren nicht mehr ging.

»Wohnte Ihr Vater hier?«

»Wissen Sie es denn nicht?«

Es lag etwas Beklemmendes in diesem Gespräch, in der Atmosphäre des Häuschens, in der Haltung und in den Augen der Frau.

»Was denn?«

»Er ist in Fresnes gestorben.«

»Im Gefängnis?«

»Ja. Sie haben ihn zu zwei Jahren verurteilt, und drei Monate später ist er auf der Krankenstation gestorben. Er hatte es dem Gericht vorausgesagt. Er hatte geschworen, dass er unschuldig war und dass sie einen Mord begingen …«

Es wurde immer schwieriger, Fragen zu stellen.

»Weswegen wurde Ihr Vater verurteilt?«

»Unterschlagung, hieß es.«

»Was für einen Beruf hat er eigentlich ausgeübt? Er hatte ein Büro in der Stadt, nicht wahr?«

»Ja. Er war ein gebildeter, ein intelligenter Mann. Er war Gerichtsvollzieher. Sie kommen doch nicht etwa, um Geld von mir zurückzufordern?«

»Nein.«

»Viele nützen es aus: Sie haben in den Zeitungen gelesen, dass mein Vater verurteilt worden ist … Jetzt kommen sie zu mir, die von nichts weiß, klingeln an der Tür und behaupten, sie hätten ihm ihre Ersparnisse anvertraut …«

»Das stimmt also nicht?«

»Ich weiß es nicht … Er hat den Leuten geholfen … Als er Gerichtsvollzieher war, musste er ihre Sachen beschlagnahmen oder sie selber vor die Tür setzen … Er wollte das einfach nicht länger machen … Er war zu gut, deshalb haben sie ihn ins Gefängnis gesteckt …«

Sie hatte sich nun doch gesetzt, wenngleich nur auf die Kante eines Stuhls, auf dem ein Strickzeug und ein Wollknäuel mit zwei eingestochenen Stricknadeln lagen. Zögernd nahm auch er Platz.

»Wissen Sie, wann er verurteilt worden ist?«

»Am elften September.«

»In Paris? Waren Sie dabei?«

»Er wollte nicht, dass ich hingehe. Als ich geheiratet habe, hat er hier ein Zimmer für sich behalten, aber die meiste Zeit schlief er in einem Raum hinter seinem Büro ... Er war seit zehn Jahren Witwer ... Meine Mutter hat lange leiden müssen, und mir, das weiß ich genau, wird es ebenso gehen ... Mein Mann arbeitet bei der Bahn ...«

Sie redete, um zu reden, das Benehmen des Besuchers hatte sie beruhigt.

»Vor zwei Jahren hat er mir angekündigt ...«

»Sie sprechen von Ihrem Vater?«

»Von wem sonst sollte ich sprechen? Er hat mir angekündigt, dass er in Pension gehen und wieder hier wohnen will ... Ich habe gleich gewusst, dass er irgendwelche Unannehmlichkeiten hat ...«

»Hat er Ihnen gesagt, was für Unannehmlichkeiten?«

»Mit Leuten, die neidisch waren ... Denn seit er nicht mehr Gerichtsvollzieher war ...«

Sie verlor den Faden, und er sah ihr an, welche Mühe es sie kostete, ihn wiederzufinden.

»Warten Sie ... Ja ... Er wollte den Leuten helfen ... Er wusste mit den Gesetzen Bescheid, verstehen Sie? ... Und die kleinen Händler, die rund um die Markthallen arbeiten, wo mein Vater sein Büro hatte, wissen damit nicht Bescheid ... Er war für sie der reinste Wunderdoktor ...«

Man musste sich nur auf ihre Welt einlassen, dann stellte sie sich zum Schluss als ganz zusammenhängend heraus.

»Ich zum Beispiel lasse mich von einem Heilpraktiker behandeln ... Die Ärzte sind unfähig herauszufinden, woran ich leide ... Als mir meine Schwester eines Tages von dem Heilpraktiker in Lagny erzählte ...«

Sie zog die Brauen hoch. Ihr Kopf war schwer, tat ihr weh. All das war zu kompliziert für sie.

»Sie sagten, dass er ihnen geholfen hat…«

»Ja… Bei all diesen Papieren, die man heutzutage ausfüllen muss… Die Leute wissen ja nicht einmal, was von ihnen verlangt wird… Wie bei der Sozialversicherung… Da stehen Fragen, ganz klein gedruckt, und man muss die Antwort in ein Kästchen oder auf eine gepunktete Linie schreiben… Hat man sich geirrt, kriegt man Unannehmlichkeiten, und jemand kommt und pfändet Sie…«

»Ich verstehe…«

»In den Banken nehmen sie Ihnen das Geld ab, Sie müssen Papiere unterschreiben, und dann bekommen Sie ein kleines Heft… Wenn Sie Pech haben, lassen die Sie auch pfänden… Die behaupten einfach, dass auf Ihrem Konto kein Geld mehr ist… Aber was beweist, dass die sich nicht auch irren, bei den tausend und abertausend Kunden, die sie haben?…«

Der alte Auguste hätte fast genauso sprechen können. Sie waren aus einer Epoche, wo es noch nicht an jeder Straßenecke eine Bank gab, wo man noch keinen Personalausweis hatte und mit zwei adressierten Briefumschlägen beweisen konnte, wer man war.

»Wer hat ihn angeklagt?«

»Ich weiß es nicht… Es waren mehrere… Zuerst einer, dann sind andere gekommen, dann noch andere… Ich habe vor allem von einem gewissen Bougerol, einem Schlosser, sprechen hören, der mehrmals hierhergekommen ist, um Ärger zu machen… Ich habe ihn nicht gesehen, mein Vater hat mich in die Küche eingeschlossen, aber ich konnte seine Stimme und sein Schimpfen hören … Einmal hat er meinem Vater gedroht, dass er es ihm heimzahlen wird …«

»Hat Ihr Vater nie von Auguste zu Ihnen gesprochen?«

»Auguste? Welcher Auguste?«

»Mature … Einer seiner Freunde …«

»Er hatte zum Schluss keine Freunde mehr … Alle haben sich gegen ihn gestellt, als sie wussten, dass er es nicht mehr lange machen wird … Wer sind Sie?«

»Der Sohn von Auguste.«

»Warum ist er nicht selber gekommen?«

»Weil er tot ist.«

»Was wollen Sie denn nun eigentlich?«

»Ich versuche zu verstehen.«

»Was zu verstehen?«

»Das Testament meines Vaters ist nicht zu finden …«

»Sind Sie sicher, dass er eines gemacht hat? Mein Vater hat keines hinterlassen. Allerdings hat er auch kein Geld hinterlassen. Nur das Häuschen, und das hat er auf meinen Namen und den meines Mannes überschreiben lassen …«

»Wenn er es jemandem anvertraut hat, dann wahrscheinlich Ihrem Vater.«

»Warum?«

»Weil er Vertrauen zu ihm hatte … Er hat sich alle Papiere von ihm aufsetzen lassen …«

»Also sind auch Sie gekommen, um Geld zu fordern?«

»Nein. Aber ich nehme an, dass Ihr Vater Buch geführt hat, dass er in seinem Büro Dokumente hatte und dass er sie hierherbrachte, als er zu Ihnen zog …«

»Er hatte einen ganzen Koffer voller Papiere. Er hat ihn auf den Speicher gestellt und gesagt, dass sie nicht wichtig wären...«

»Sind sie noch dort?«

»Die Polizei ist gekommen und hat sie geholt, um sie dem Richter zu übergeben...«

»Hatte Ihr Vater nicht auch ein Heft mit Namen und Adressen?«

»Ja.«

»Haben Sie es noch?«

»Wie? Was?«

»Ob Sie es noch haben!«

»Die Richter haben es...«

Antoine stand der Schweiß auf der Stirn, und er wusste nicht mehr, was er noch fragen sollte. Er kam sich unbeholfen vor. Er hatte getan, was er konnte, um die arme Frau nicht zu erschrecken, die ängstlich zusammenzuckte, als sie ihn nun aufstehen sah.

»Glauben Sie, dass ein Testament da ist?«

Auch sie stand jetzt. Sie sagte es nur, um etwas zu sagen. Dann sah sie besänftigt auf den Kanarienvogel.

»Ich danke Ihnen... Entschuldigen Sie, dass ich Sie gestört habe...«

»Wenn die anderen so höflich gewesen wären... Sogar Frauen haben sich eingemischt...«

Draußen atmete er erleichtert auf und ging bis zur Straßenecke, wo er seinen Wagen vor dem kleinen Café geparkt hatte. Der Mann, der ihm Auskunft gegeben hatte, war dabei, Drähte zwischen Pfosten zu spannen.

»Haben Sie's gefunden?«

»Danke …«

Das Auto war ein hellgrauer Mercedes, dessen Motor geräuschlos lief. Auch darum beneideten ihn seine Brüder. Wie hatte er so viele Jahre leben können, ohne sich dessen bewusst zu werden?

Bis zum Abend des vorangegangenen Tages waren seine Brüder für ihn seine Brüder gewesen. Er hatte sie nicht oft gesehen, weil jeder andere Wege gegangen war.

Er war als Einziger geblieben, wo er geboren worden war, und das war zweifellos der Grund, weshalb er ihre Probleme nie erraten hatte.

Wenn Bernard in der Rue de la Grande-Truanderie auftauchte, war es fast immer, weil er Geld brauchte. Selten wandte er sich an ihren Vater. Nachdem er einen Augenblick mit den beiden Alten verbracht hatte, weil es anders nicht zu machen war, zog er Antoine in eine Ecke oder führte ihn auf die Straße, wo sie eine Zeitlang schweigend gingen.

»Ich hätte mich an Ferdinand wenden können, aber du weißt ja, dass es bei ihnen hinten und vorne nicht reicht, erst recht nicht, seit sie die neue Wohnung haben … Ich hätte am fünfzehnten einen großen Betrag erhalten sollen, und nun hab ich gestern erfahren, dass die Auszahlung auf den nächsten Monat verschoben worden ist …«

»Wie viel?«

»Fünftausend … Ist das zu viel?«

Ungezwungen, wie er war, verlor er keine Zeit damit, sich zu bedanken. Für ihn war das Haus mit dem Bistro, in dem er geboren war und in dem seine Eltern noch lebten, eine Art Gemeingut, das mehr oder weniger der ganzen Familie gehörte.

Seinen Vater bat er nur deshalb nicht gern um Geld, weil diesem jede Summe riesig erschien.

In Bernards Vorstellung brauchte sein Bruder nur in die Kasse zu greifen. Dieser Schlauberger Antoine. Er hatte das beste Teil gewählt. Hatte er vielleicht auf etwas verzichtet? Besaß Fernande nicht einen Nerzmantel?

Bei Ferdinand lag der Fall anders. Er war nicht mehr so ganz ein Mature. Schon allein durch sein Universitätsstudium sah er das Haus bei den Markthallen mit anderen Augen an, und die Gewohnheiten dieses Hauses wurden ihm immer fremder.

Außerdem hatte Véronique weit mehr auf ihn abgefärbt als er auf sie. Als ihre Eltern noch lebten, schrieben sie ihnen regelmäßig, und Véroniques Mutter kam oft zu Besuch nach La Rochelle und später nach Poitiers.

Die Enkel gehörten sozusagen Véroniques Eltern, während man sie in der Rue de la Grande-Truanderie kaum zu sehen bekam.

Nur ganz selten rangen Ferdinand, Véronique und ihre Kinder sich dazu durch, zum Mittagessen oder zum Abendessen zu kommen; und auch dann nicht zum gemeinsamen Familienmahl, das an einem Marmortisch neben dem Tresen eingenommen wurde, sondern dann, wenn die Gäste kamen.

»Was empfiehlst du uns, Antoine?«

Antoine nahm ihre Bestellung auf und gab sie an den Küchenchef weiter, ehe er sich zu ihnen setzte.

»Wie geht es Maman?«

Es war ihr einmal besser, einmal schlechter gegangen, dann wieder ein wenig besser, bis schließlich von ihrem Zustand nicht mehr die Rede war.

»Trinkt Vater nicht zu viel?«

»Hie und da ein Glas … Ich überwache ihn unauffällig … Man kann ihn nicht um sein letztes Vergnügen bringen …«

Der alte Auguste hatte immer Hemmungen, seine Schwiegertöchter beim Vornamen zu nennen.

»Sie sehen so hübsch aus, Véronique …«

Linkisch brachte er ihr eine Blume, wie um sie zu zähmen, obwohl er wusste, dass er sie niemals zähmen würde. Er duzte sie nicht, wie er Fernande duzte.

»Wie geht es den Kindern?«

Ihre Vornamen wollten ihm nicht über die Lippen, zumal sie in seinen Augen einfach albern waren.

Antoine dachte oft und gern an den kleinen Kreis von früher zurück, als sie als Kinder zu dritt über den mit Sägemehl bestreuten Fußboden gekrochen waren.

Als er nach Hause kam, zeigte sich Fernande besorgt. Er fand sie im ersten Stock, im Zimmer seiner Mutter, denn sie hatte Madame Ledru weggeschickt, damit sich diese bis zum nächsten Tag endlich mal bei ihrem Sohn ausruhen konnte.

»Hast du es gefunden?«

»Vielleicht … Ich muss mit Ferdinand darüber sprechen …«

Er hatte das Bedürfnis, seinem Vater guten Tag zu sagen. Die Kerzen waren nicht seine Idee gewesen, sondern die von Marinette. Er blies sie aus und öffnete die Vorhänge des Fensters, das auf den Hof ging. Den Rosenkranz freilich wagte er nicht wegzunehmen, auch nicht den kleinen Buchsbaumzweig, der im Weihwasser lag.

5

Als er an diesem Abend die Rollläden geschlossen, die Lichter im Erdgeschoss gelöscht, alle Geräte kontrolliert und das Schloss an der Falltür hinter der Theke angebracht hatte, ging Antoine nicht in seine Wohnung im zweiten Stock, sondern in die Wohnung seiner Eltern.

Im alten, schlechtbeleuchteten Wohnzimmer traf er auf Fernande, die im Morgenmantel war.

»Schläft sie?«

»Seit einer Stunde. Sie ist ganz ruhig …«

Er ging ins Hinterzimmer und machte die Deckenlampe an. Er war sich nicht schlüssig, ob er bei seinem Vater Totenwache halten sollte, wie es auf dem Land und mitunter auch noch in der Stadt Brauch war.

Schließlich drückte er die Lippen auf die Stirn des alten Mannes und sagte bei sich:

›Gute Nacht, Vater …‹

Er ging rückwärts zur Tür, löschte das Licht und ging wieder zu seiner Frau.

»Geh hinauf, und leg dich hin. Ich bleibe bei Maman …«

»Ich bleibe hier, Antoine … Du kannst dich nicht um sie kümmern … Es muss eine Frau da sein, um ihr den Nachttopf zu bringen, wenn sie ihn braucht, oder um ihr ein frisches Nachthemd anzuziehen …«

Das Haus war in vierundzwanzig Stunden so anders geworden! Letztendlich ging er allein nach oben, um sich in der leeren Wohnung auszuziehen und ins Bett zu legen.

An den anderen Sonntagen schliefen sie immer aus, und dann trödelten sie herum, genossen es, nichts zu tun zu haben. Die geschlossenen Rollläden verliehen dem Erdgeschoss eine besondere Atmosphäre, und es war seltsam, um ein Uhr in die verglaste Küche zu gehen und die Mahlzeit aus dem Kühlschrank zu holen, die Julien Bernu für sie vorbereitet hatte.

Sie aßen neben dem Tresen. Nachmittags gingen sie manchmal ins Kino oder fuhren mit dem Auto aufs Land. Ab und zu hatte Auguste sie begleitet.

Der Sonntag, der nun begann, war nicht wie die anderen. Als Antoine im Morgenmantel hinunterging, gab Fernande der alten Frau gerade das Frühstück.

»Hast du gut geschlafen?«

»Sehr gut. Sie ist nur ein einziges Mal aufgewacht …«

Draußen war nicht der vertraute Lärm der Markthallen zu hören, die Straße blieb menschenleer, alle Läden waren geschlossen. Um neun hielt der Wagen des Bestattungsinstituts vor der Tür, und ein paar Fußgänger blieben stehen, um zuzusehen, wie die schweren schwarzen Wandbehänge und dann der leere Sarg hineingetragen wurden.

Man hörte, wie genagelt wurde. Die Männer richteten Madame Ledrus Zimmer als Totenzimmer her. Antoine hatte ihnen eine Flasche Weißwein und Gläser gebracht, und während sie neben dem Leichnam arbeiteten, tranken sie.

Männer und Frauen aus dem Viertel blieben auf dem Weg zur Messe eine Zeitlang vor dem Haus stehen und sahen zu den Fenstern hoch, denn inzwischen wussten alle, dass Auguste tot war.

Fünf- oder sechsmal wurde an der Tür geklingelt, es waren immer Lieferanten, die Blumen abgaben.

Antoine aß nicht zu Mittag. Er holte sich lediglich eine Scheibe Leberpastete aus dem Kühlschrank und aß sie zu einem Stück Brot.

Auch Fernande, die beim Gedanken an die bevorstehende Familienversammlung ganz nervös war, aß nur etwas Pastete.

Nach der Messe saßen sich Ferdinand und seine Frau stumm beim Mittagessen gegenüber. Am Abend zuvor hatten sie sich im Bett fast eine Stunde lang leise über Augustes Tod und alle Fragen, die sich daraus ergaben, unterhalten.

»Ich hoffe, du wirst dich nicht kleinkriegen lassen…«, hatte Véronique zum Schluss gesagt. »Notfalls bin ich ja auch noch da…«

Bernard hatte eine schlechte Nacht hinter sich, da er auch den restlichen Tag über getrunken und Nicole ihn hatte verarzten müssen. Am Morgen war es nicht besser. Er hatte stark geschwitzt und war mit pelzigem Mund aufgewacht. Noch im Bett hatte er etwas Alkoholisches verlangt, um munter zu werden.

»Vergiss nicht, dass du heute Nachmittag alle deine Kräfte brauchst…«

Nicole brachte ihm ein ganz kleines Glas Whisky pur.

»Trink das, ich habe nichts dagegen… In einer Stunde

isst du eine Kleinigkeit. Bevor wir fahren, bekommst du noch ein Glas, aber mehr gibt es nicht …«

Alles tat ihm weh, der Kopf, die Brust, und er hatte Krämpfe, bei denen er jedes Mal meinte, das Herz würde ihm stehenbleiben.

»Du solltest lieber den Arzt rufen … Ich fühle mich nicht gut, Nicole …«

»Später wirst du dich besser fühlen …«

»Glaubst du, dass du mitkommen sollst?«

»Ich lasse dich nicht allein gehen …«

Sie bewohnten auf dem Boulevard Rochechouart über einem Bilderrahmengeschäft eine Vierzimmerwohnung und waren seit zwei Monaten ihre Miete schuldig.

Sie fragte ihn nicht, was er in Südfrankreich gemacht hatte. Er war fortgegangen, ohne etwas zu sagen. Sie wusste, dass es manchmal genügte, wenn um zwei Uhr früh ein sogenannter Freund in irgendeiner Bar vorschlug, ihn auf einer Reise zu begleiten.

Nicole war Verkäuferin in einer Edelboutique in der Rue Saint-Honoré gewesen, dann hatte sie zwei Jahre lang als Mannequin gearbeitet. Gelegentlich, aber immer seltener, stand sie für Frauenzeitschriften Modell.

Marie-Laure und ihre Freundin Françoise schliefen in ihrer Wohnung in der Avenue Victor-Hugo, da sie erst um drei Uhr morgens heimgekommen waren. Sie schliefen in einem Doppelbett, wie Eheleute. Françoise trug strenge, mehr oder weniger maskuline Kostüme, aber das war nur ein Spiel, das sie beide spielten, in Wirklichkeit gab es nichts Zweideutiges zwischen ihnen.

Françoise wachte als Erste auf und machte Kaffee.

»Wie spät ist es?«

»Zwölf… Vergiss nicht, dass du um zwei bei deinem Großvater sein musst…«

»Glaubst du, dass es unbedingt notwendig ist?«

»Du hast es deiner Mutter versprochen…«

Sie hatten zusammen einen Wagen, ein kleines milchweißes englisches Cabriolet.

»Kann ich das Auto haben?«

»Nein. Ich brauche es, um nach Louveciennes zu fahren… Ich setze dich bei den Markthallen ab, dann musst du selber sehen, wie du zu den Lemerciers kommst, um mich dort wieder zu treffen…«

Jean-Loup, im weißen Ärztekittel, ein Stethoskop auf der Brust, machte langsam die Runde durch die Krankenzimmer, in denen nur Kinderbetten standen. Er hatte einen Kollegen gefunden, der ihn am Nachmittag vertrat. Um ein Uhr ging er in den Speisesaal der Assistenzärzte.

Seit mindestens drei Jahren hatte er keinen Fuß mehr in die Rue de la Grande-Truanderie gesetzt. Als er noch ein Kind war, wurde zu Hause so gut wie nie von den Matures gesprochen. Er wusste nicht recht, warum seine Eltern darauf bestanden, dass er an dieser Versammlung teilnahm, die ihn nichts anging.

Auch er hatte ein Auto, einen 2 CV, der ihm genügte. Damit kam er etwas zu früh vor dem Restaurant mit den geschlossenen Rollläden an. Er trat in den Flur, klopfte an eine Tür zu seiner Linken, da er aber keine Antwort erhielt, stieg er in den ersten Stock hinauf.

Er stieß auf Antoine, der noch in Hemdsärmeln war und seine Krawatte noch nicht gebunden hatte.

»Guten Tag, Onkel …«

Mit seinen durch die Brillengläser größer wirkenden Augen sah er ganz verloren aus.

»Sind meine Eltern noch nicht da?«

Die Blumen hatten mittlerweile einen süßlichen Geruch in der Wohnung verbreitet.

»Sie kommen sicher gleich … Es ist erst zehn Minuten vor zwei … Willst du ihn sehen? …«

Auch er, genau wie die anderen am Abend zuvor, blieb eine Weile vor dem Toten stehen. Hinter ihm zog sich Antoine fertig an.

»Wie geht es Großmutter?«

»Immer gleich …«

»Hat sie nichts gemerkt?«

Sie merkte nicht einmal, dass Auguste nachts nicht mehr neben ihr in dem Bett lag, in dem sie fünfzig Jahre lang nebeneinander geschlafen hatten.

»Wo soll die Sitzung denn sein?«

»Ich dachte, am besten unten …«

Im vorderen Saal oder im hinteren, wie es ihnen lieber war. Zusammen gingen sie die Treppe hinunter.

»Willst du etwas trinken?«

»Nein, danke.«

Er war der Größte in der Familie und hielt sich immer ein wenig vornübergebeugt. Seine Eltern klopften an der Tür neben der Kasse und traten unaufgefordert ein.

Man umarmte sich.

»Haben wir uns verspätet?«

»Nein, ich bin zu früh gekommen.«

»Hast du ihn gesehen?«

»Ich war einen Augenblick oben …«

Antoine begrüßten sie nur flüchtig. Wegen der heruntergelassenen Rollläden waren die Lampen angezündet worden, und dadurch hatten die beiden Räume etwas Unwirkliches. Die nicht erhellte Küche hinter der riesigen Glasscheibe wirkte wie ein Aquarium.

Nun waren Bernard und Nicole an der Reihe. Nicoles Anwesenheit löste bei Véronique, die sie wie Luft behandelte, einen nervösen Tick aus.

»Haben wir uns verspätet?«

Bernard sah manierlich aus, seine Augen waren nur leicht gerötet, und er gab sich Mühe, sich zu benehmen.

»Kommt Marie-Laure nicht?«

»Sie hat versprochen zu kommen …«

Während alle unschlüssig herumstanden, fragte Ferdinand:

»Ist das Totenzimmer hergerichtet worden?«

»Heute früh … Morgen kommen sie, um den Sarg zu schließen …«

»Wo ist Fernande?«

»Bei Maman … Ich habe Madame Ledru freigegeben, sie war ganz erschöpft …«

»Wer hat bei Papa gewacht?«

»Niemand … Fernande hat auf dem Sofa im Wohnzimmer geschlafen …«

Ein Auto hielt, eine Wagentür wurde zugeschlagen, und eine Stimme sagte:

»Hoffentlich wird es nicht gar zu trostlos …«

Dann zögernde Schritte im Gang, und Antoine öffnete die Tür.

»Guten Tag, allerseits! … Was steht ihr denn alle da und seht euch an? …«

»Wir haben auf dich gewartet …«

Antoine wusste nicht, wie er sich verhalten sollte. Im Grunde genommen war er hier zu Hause und empfing die anderen. Aber die anderen waren im Haus ihres Vaters, und alle hatten dieselben Rechte.

»Wohin wollen wir uns setzen?«

Ferdinand setzte sich auf eine Bank links neben dem Tresen, woraufhin sich auch die anderen an zwei Marmortischen niederließen. Jean-Loup, der seine langen Beine übereinandergeschlagen hatte, betrachtete einen nach dem anderen wie Wildfremde.

Die Mäntel und Hüte hatte man auf einem anderen Tisch auf einen Haufen geworfen.

Schließlich ergriff Ferdinand nach kurzem Räuspern als Erster das Wort.

»Was ist in Bezug auf den Friedhof beschlossen worden?«

Alle blickten auf Antoine.

»Wie ich dir gestern am Telefon sagte. Zuerst dachte ich, dass unser Vater am liebsten in Saint-Hippolyte neben seinen Eltern begraben sein würde … Er hat nie darüber gesprochen … Aber fast alle, die er dort gekannt hat, sind inzwischen gestorben …«

Zögernd fügte er hinzu:

»Seine eigentliche Familie ist jetzt in Paris … Auf dem Père-Lachaise ist kein Platz mehr, außer für Leute, die eine Familiengruft besitzen … Die einzige Lösung ist also, ihn in Ivry zu begraben …«

Es entstand eine Stille. Vielleicht dachten sie an den riesigen, noch zu neuen modernen Friedhof, auf dem Auguste sich verloren gefühlt hätte.

»Glaubst du, es kommen viele Leute?«

»Bevor der Sarg geschlossen wird, bestimmt. Alle Nachbarn und die Händler aus dem Viertel werden ihn noch einmal sehen wollen. Ich glaube, dass auch entfernte Verwandte aus Saint-Hippolyte und Riom kommen werden …«

»Was hast du vorgesehen?«

»Ich habe zwanzig Wagen bestellt. Für die, die aus der Auvergne kommen, gibt es hier ein Mittagessen …«

Die anderen stimmten weder zu, noch erhoben sie Einspruch. Es interessierte sie nicht. Sie hatten das Thema nur angeschnitten, um in Fahrt zu kommen und um nicht gleich mit der Tür ins Haus zu fallen.

»Hast du einen Trauergottesdienst bestellt?«

»In der Kirche Saint-Eustache …«

Unter häufigen Blicken auf die hinter der Bar aufgereihten Flaschen rutschte Bernard unbehaglich auf seinem Stuhl hin und her, und Nicole, die diesen Zustand an ihm kannte, redete ihm gut zu, noch eine Weile auszuharren.

Er durfte nicht zu früh zu trinken anfangen, sonst würde er womöglich einen Streit vom Zaun brechen. Vergangene Nacht war er in seinem Rausch derart bitter und aufbrausend gewesen, hatte solche Drohungen gegen seinen Bruder ausgestoßen, dass sie die Schublade, in der sein Revolver lag, abgeschlossen hatte. Ehe sie abgefahren waren, hatte sie sich vergewissert, dass er noch an seiner Stelle lag.

Und wieder war es Ferdinand, der mit gesetzter, jedoch schneidender Stimme fragte:

»Hast du das Testament noch immer nicht gefunden?«

»Ich habe nicht danach gesucht. Es ist mir lieber, wenn ihr das selber tut. Ihr kennt die Wohnung, ihr kennt unseren Vater …«

Ein fast bedrohliches Schweigen folgte diesen Worten.

»Auch in Bezug auf das Geld nichts Neues?«

Alle erwarteten, Antoine werde die Frage verneinen, und so waren sie überrascht, als er sagte:

»Doch.«

»Hast du es gefunden?«

»Nein.«

»Erklär uns das …«

Bisher hatten alle, die um ihn saßen, ihr Leben ohne sonderliche Hoffnung gelebt, dass es sich eines Tages ändern könnte. Zwar wussten sie, dass sie von ihren Eltern etwas erben würden, dass sie ein Anrecht auf einen größeren oder kleineren Anteil an diesem Haus hatten, in dem sie Fremde geworden waren.

Ferdinand beispielsweise hatte damit gerechnet, sich allenfalls ein neues Auto anschaffen oder einen Teil der Schulden abzahlen zu können, mit denen er sich seit dem Kauf des neuen Appartements herumschlug. Oder bestenfalls damit, mit Véronique in den Ferien nach Italien fahren zu können.

Für Bernard mochte das Geld einen Aufschub bedeuten, der ihm über ein paar Monate hinweghelfen würde, vielleicht auch die stets erhoffte Gelegenheit, endlich ein solides Geschäft aufzuziehen.

Seit dem Vortag war alles anders. Antoine hatte eine geradezu magische Zahl ausgesprochen, eine Zahl, die derart zum Träumen verführte, dass selbst die Regierung ihre Lotterie darauf gründete: eine Million!

Das war nicht eine abstrakte Zahl wie alle anderen. Sie war gleichbedeutend mit Reichtum, einer anderen Lebensweise, Sorglosigkeit für alle Zeiten.

Dass sie teilen müssten, tat nichts zur Sache. Keiner dachte daran. Ebenso wenig dachte einer von ihnen daran, dass auch ihre Mutter da oben Erbin war oder dass Auguste jedes Jahr Steuern bezahlte, dass sie selber auch Erbschaftssteuer würden zahlen müssen.

»Ich bin zuerst in die Rue Coquillière gegangen…«

Und zu Jean-Loup gewandt, der ihn aufmerksam ansah:

»Als Vater und ich damals die Vereinbarung über das Geschäft getroffen haben, hat er sich wegen der Abfassung des Textes an das Büro eines Rechtsberaters in der Rue Coquillière gewandt… Das Büro gehörte einem gewissen Jason… Ich weiß, dass mein Vater ihn auch später wieder aufgesucht hat… Jason ist mehrmals hierhergekommen, ohne dass ich mich weiter darum gekümmert hätte…«

»Hast du ihn gefunden?«, fragte Bernard, während Nicole ihre Hand auf seine legte.

»Ich habe seine Spur gefunden. Das Büro existiert nicht mehr. Die Concierge hat mir etwas von einem Häuschen erzählt, das dieser Jason angeblich in Villeneuve-Saint-Georges besitzt. Ich bin dort gewesen. Ich habe die Adresse auf dem Rathaus bekommen…«

»Und was sagt er?«

»Nichts. Er ist tot.«

Man hätte meinen können, dass er sie absichtlich auf die

Folter spannte. Seine Brüder hörten ihm so gebannt zu, dass sie beinahe den Mund nicht zubekamen. Jetzt blickten sie ihn verärgert, ja wütend an.

»Also weißt du nichts?«

»Ich bin noch nicht fertig ... Ich hatte ein Gespräch mit seiner Tochter, die nicht ganz bei Verstand ist ... Jason ist in Fresnes gestorben, ein paar Wochen nachdem er wegen Unterschlagung zwei Jahre Gefängnis bekommen hatte ...«

Ferdinand erbleichte, die Hand, in der er seine Brille hielt, öffnete und schloss sich nervös.

»Wenn ich richtig verstehe«, schaltete er sich ein, »willst du behaupten, Papa habe sein Geld Jason anvertraut, Jason sei ein Schwindler gewesen und wir hätten jetzt, wo er im Gefängnis gestorben ist, keine Möglichkeit mehr ...«

»Ich behaupte gar nichts ...«

»Findest du diese Erklärung nicht ein bisschen zu einfach? Papa ist tot. Jason ist tot. Seine Tochter ist verrückt. Und das Geld ist spurlos verschwunden ...«

Obwohl Nicole ihm Zeichen machte, stand Bernard auf und ging zum Tresen, um sich ein Glas einzuschenken.

»Das ist eine Schweinerei!«, stieß er hervor.

Alle wandten sich ihm zu.

»Vom ersten Tag an, als Antoine wieder in dieses Haus zog, hätten wir misstrauisch sein müssen ... Vor allem, seit er sich an diese Frau gehängt hat ...«

Nun waren die Blicke aller Anwesenden auf Antoine gerichtet, den es viel Überwindung kostete, auf seinem Stuhl sitzen zu bleiben. Er ballte die Hände zu Fäusten, deren Knöchel weiß hervortraten.

Mitten in diesem Schweigen ergriff zu aller Überraschung Jean-Loup das Wort, sehr ruhig, als spräche die Stimme der Vernunft aus ihm.

»Wenn ich richtig verstanden habe, hat sich also kein Papier gefunden, aus dem hervorginge, was mein Großvater mit seinem Geld gemacht hat, stimmt's?«

Die anderen nickten zustimmend.

»Hat jemand in seiner Brieftasche nachgesehen?«

Sie waren völlig verblüfft. Niemand hatte bis jetzt daran gedacht. Madame Ledru hatte Auguste ausgezogen, und niemand hatte sich gefragt, was sie mit seinen Kleidern gemacht habe.

Was sie gesucht hatten, waren sogenannte »Papiere«, also Dokumente, Scheckhefte, auf jeden Fall etwas Umfängliches, was der Geldanlage eines alten Mannes während zwanzig Jahren entsprach.

Antoine stand auf.

»Wenn jemand mit mir kommt, gehe ich sie holen.«

Jean-Loup stand ebenfalls auf.

»Ich glaube, das Beste wird sein, wenn ich das tue …«

Jean-Loup war so groß, dass er an einer Stelle im Treppenhaus seinen Kopf unter der niedrigen Decke einziehen musste. Eben noch war von Millionen die Rede gewesen. Nun betraten sie durch eine alte, braungestrichene Tür eine Wohnung aus einer anderen Zeit, in die er höchstens ein- oder zweimal als Kind den Fuß gesetzt hatte.

Vom Wohnzimmer aus sah man einen Teil des Totenzimmers mit den am Fußende des Sarges angeordneten Blumen.

»Willst du deine Großmutter sehen?«

Es fiel Antoine schwer, diesen Mann zu duzen, der schon Kranke behandelte und bald ein fertig ausgebildeter Arzt war.

Jean-Loup folgte seinem Onkel ins Schlafzimmer der Großeltern, das jetzt nur noch das Schlafzimmer seiner Großmutter war.

Die alte Frau saß in ihrem Lehnstuhl, eine rote Decke über den Knien, und ihr gegenüber saß Fernande, die aufstand, als Jean-Loup eintrat.

»Guten Tag, Jean-Loup.«

»Guten Tag, Tante.«

Er trat zu der alten Frau und küsste sie, wie früher, auf die Stirn. Sie zuckte ein wenig zurück, und ihre Augen schauten hilfesuchend in die Runde.

»Sie erkennt niemanden mehr …«

»Ich weiß«, sagte er, seine Großmutter mit einem fachkundigen Blick betrachtend.

»Erinnerst du dich, was mit seinen Kleidern geschehen ist, als er ausgezogen wurde?«

»Du weißt doch, dass ich unten war … Es ist mir nicht in den Sinn gekommen, Madame Ledru danach zu fragen …«

»Er hat sicher seinen schwarzen Anzug angehabt …«

Er hatte sich stets dunkel gekleidet, und ihn zu bewegen, sich einen neuen Anzug zu kaufen, hatte immer Mühe gekostet. Man brauchte nur den großen massiven Eichenschrank mit den nebeneinander auf Bügeln aufgehängten abgetragenen Anzügen zu öffnen, um zu sehen, wie schwer er sich von seinen alten Sachen trennte, auch wenn sie schon abgewetzt, ja fadenscheinig waren.

In demselben Schrank hingen auch die Kleider, alle schwarz oder violett, die Eugénie nicht mehr trug, seit sie nicht mehr ausgehen konnte. In einem Fach lagen ihre Filzhüte und Strohhüte neben Großvaters grauen Mützen und seinem runden schwarzen Filzhut.

All diese Stücke hatten jahrelang gedient, waren gewissermaßen Teil der Persönlichkeit der beiden Alten, ja, man hatte den Eindruck, als hafte ihnen noch ihr Körpergeruch an.

Antoine, der eine Rocktasche abtastete, fühlte etwas, griff hinein und zog aus einer Innentasche eine schwarzgraue Brieftasche hervor.

Er reichte sie Jean-Loup, und dieser, der die Geste begriff und sich deswegen verlegen fühlte, murmelte rasch:

»Du darfst es ihnen nicht übelnehmen …«

Auf diese Weise gab er ihm zu verstehen, dass er nicht von vornherein auf ihrer Seite stand, dass er nicht zu einem bestimmten Clan gehörte.

»Sonst ist nichts mehr da?«, fragte er.

In einer anderen Tasche fand sich ein Taschentuch, in einer weiteren eine Zigarrenspitze aus Bernstein, die der Alte fast nie benutzt hatte, und ein großes Bauernmesser.

Lange nach seiner Übersiedlung nach Paris hatte Auguste dieses Messer noch bei Tisch benutzt, und die Geste, mit der er es öffnete, hatte jedes Mal wie ein Ritual angemutet.

Fernande, die nicht zu fragen wagte, ob unten alles gutging, lächelte ihrem Mann nur kurz zu, ehe sie sich wieder zu der Kranken setzte.

Bernard hatte die Abwesenheit der beiden Männer genutzt, um sich ein zweites Glas einzuschenken, hatte auch der ganzen Runde etwas zu trinken angeboten, aber nur Marie-Laure hatte ein Glas angenommen.

Jean-Loup reichte die Brieftasche ungeöffnet seinem Vater. Ferdinand befühlte sie zuerst nur zögernd.

»Etwas Hartes steckt darin…«, murmelte er.

Die Brieftasche hatte auf beiden Seiten Fächer, aus denen er nur Papiere zog. Um an den harten Gegenstand zu gelangen, musste er die Hand ganz nach unten in das sogenannte Geheimfach schieben, das sich über die ganze Länge der Brieftasche erstreckte.

Er zog einen flachen, glänzenden Schlüssel hervor, zeigte ihn den anderen, vor allem aber seinem Bruder Antoine.

»Kennst du ihn?«

»Ich habe ihn nie gesehen. Ich bin ganz sicher, dass er in keine Tür und kein Möbel im Haus passt…«

Er nahm ihn in die Hand, las eine Zahl ab, 113, die in den Ring eingraviert war.

»Es ist der Schlüssel zu einem Safe.«

»Woher weißt du das?«

»Weil ich einen ganz ähnlichen für meinen eigenen Banksafe habe.«

Rund um die beiden Marmortische war ein gewisses Aufatmen zu spüren.

»Nun müssen wir nur noch herausfinden, um welche Bank es sich handelt«, murmelte Ferdinand.

»Das wird nicht schwer sein. Vater ging nie sehr weit. Außerhalb des Viertels kam er sich wie ein Fremder vor.«

Er legte den Schlüssel auf den Tisch, und alle starrten

ihn fasziniert an, denn plötzlich tauchte eine Frage auf, die allen gleichzeitig durch den Kopf schoss.

Es war Sonntag. Die Banken öffneten erst am nächsten Morgen um neun. Um diese Zeit würde Ferdinand im Palais de Justice, Jean-Loup in der Salpêtrièrie, Marie-Laure in ihrer Boutique, Antoine normalerweise hier im Hause sein.

Wem sollte man den Schlüssel anvertrauen, der wahrscheinlich den Zugang zu dem Vermögen des alten Mannes erschloss?

Sie hoben die Köpfe und sahen sich ein wenig verschämt an.

»Ich für meinen Teil bin dagegen, dass Antoine auf die Bank geht.«

Bernard stand mit seinem Glas in der Hand im Hintergrund und blaffte seinen Bruder herausfordernd an.

Ferdinand fragte:

»Weißt du wirklich nicht, was in dem Safe ist?«

»Noch einmal: Vater hat nie mit mir darüber gesprochen.«

Und Bernard griff erneut an.

»Ich verlange, dass wir alle zusammen hingehen ...«

Durch diesen Satz trat das Lächerliche, ja Abscheuliche dieser Situation zutage. Sie waren alle hypnotisiert von einem glänzenden Schlüssel, den niemand an sich nehmen, den aber auch niemand in der Hand eines anderen sehen wollte.

In welcher Bank würde der Schlüssel zum Fach 113 passen? Sie würden sich vielleicht an sechs oder sieben verschiedene Geldinstitute wenden müssen, ehe sie das richtige fanden. Konnten sie alle zusammen im Gänsemarsch von einer Bank zur anderen gehen? Und würde Ferdinand, der am Abend zuvor Mauvis wegen der Abwesenheit des Verteidigers nicht hatte vernehmen können, das Verhör erneut verschieben müssen?

Diesmal brachte Marie-Laure die Unterhaltung wieder in Gang.

»Wem gehören die drei Utrillos?«

»Vater«, antwortete Antoine.

»Und jeder von euch nimmt sich einen?«

»Ich werde tun, was die anderen beschließen … Ich für meinen Teil wäre aber bereit, sie zu dem Preis, den ein Experte angibt, zurückzukaufen …«

Ferdinand sah seine Frau, dann seine Tochter an und fragte diese:

»Hast du eine Vorstellung, was sie wert sind?«

»Zwischen fünfzigtausend und hunderttausend Franc, jeder. Das hängt davon ab, in welcher Periode sie gemalt wurden …«

Sie stammten aus der Periode der Frauen mit langen Röcken und dicken Hintern.

»Warum liegt dir daran, sie zu kaufen?«, fragte, misstrauisch wie immer, Ferdinand.

»Damit sie an der Stelle bleiben, wo sie seit so langer Zeit hängen … Zuerst hingen sie oben im Schlafzimmer der Eltern … Dann habe ich sie, wie du auch, im Hinterzimmer hängen sehen … Wollt ihr noch immer nichts trinken? … Fernande lässt sich entschuldigen, aber sie muss bei Maman bleiben … Es genügt nur einen Augenblick wegzugehen, und schon fühlt sie sich im Stich gelassen …«

Dies war keine gewöhnliche Familienzusammenkunft. Dazu hätten auf den Tischen Kaffeetassen oder Weingläser stehen müssen. Auch hätte zwischen ihnen eine gewisse Ungezwungenheit herrschen müssen.

Es war, als dächte jeder darüber nach, was er sagen könnte, um das Schweigen zu brechen. Vor allem Ferdinand, der an seiner Rolle als Ältester festhielt und von dem deshalb auch erwartet wurde, dass er die Sitzung leitete.

»Das Wichtigste ist natürlich, die Bank zu finden …«

Man drehte sich im Kreis. Was sollte mit dem Schlüssel geschehen?

Abermals fand Jean-Loup die Lösung.

»Man braucht ihn nur in einen Umschlag zu stecken und den Umschlag zu versiegeln. Die drei Brüder setzen ihre Initialen auf das Siegel.«

»Ich weiß nicht einmal, ob Siegellack im Haus ist. Ein Stück habe ich vor nicht allzu langer Zeit gesehen, es lag in einer Schublade in meinem Zimmer …«

Antoine war noch kaum aus dem Zimmer, da brummte Bernard:

»Er kann natürlich schon ruhig sein! … Er hat seinen Anteil …«

Nicole mochte ihn noch so flehend ansehen – er ging abermals hinter die Theke, um sich einzuschenken, und Marie-Laure erleichterte sein Gewissen, indem sie ihm zurief:

»Schenkst du mir auch ein Glas ein, Onkel Bernard?«

Ihre Mutter sah sie erstaunt an.

»Seit wann trinkst du Whisky?«

»Schon lange, weißt du. Ich habe schon Whisky getrunken, als ich noch bei euch gewohnt habe. Aber da habe ich mich nicht getraut, es vor euch zu tun. Willst du auch ein Glas, Papa? Von Zeit zu Zeit bist du doch gar nicht abgeneigt, einen Whisky zu trinken …«

»Whisky für alle?«

Kaum war Antoine fort, entspannten sie sich, wie während der Ferien. Nur Véronique zierte sich.

»Für mich nicht …«

Bernard goss ganz entzückt über seine Rolle allen außer seiner Schwägerin ein Glas ein.

»Eis?«

»Nur Leitungswasser …«

Antoine blieb ziemlich lange fort. Er nahm sich Zeit, ein paar Worte mit Fernande zu wechseln.

»Wie geht es unten?«

»Besser als am Anfang, und das ist Jean-Loup zu verdanken …«

»Was machst du mit der Kerze und dem Siegellack?«

»Sie haben in Vaters Brieftasche einen Safeschlüssel gefunden. Keiner will ihn dem anderen überlassen, also soll er versiegelt werden …«

Er hatte sich einen Umschlag aus dickem, hellbraunem Papier beschafft. Als er ins Erdgeschoss zurückkam, betrachtete er wortlos die Gläser, zündete eine Kerze an und reichte seinem Bruder Siegellack und Umschlag.

»Du weißt, wie man damit umgeht, Ferdinand …«

Ferdinand schämte sich ein wenig. Im grauen Alltag seines Büros oder im Verlauf einer Beweisaufnahme hatte er oft mit schmutzigen Angelegenheiten zu tun gehabt. Heute aber ging es um ihn selbst und um die Seinen.

Er schob den Schlüssel in den Umschlag, klebte diesen zu und brachte den Siegellack zum Schmelzen.

»Womit sollen wir zeichnen?«

Eine Spur sarkastisch streckte Antoine ihnen einen silbernen Zahnstocher hin, und jeder der drei Brüder gravierte damit seine Initialen in die fünf Siegel ein.

»Was machen wir nun damit?«

»Ich schlage vor …«

Antoine und Bernard, die gleichzeitig gesprochen hatten, brachen gleichzeitig ab.

»Sprich du.«

»Ich schlage vor, dass Ferdinand den Umschlag verwahrt.«

»Genau das wollte ich sagen.«

»Dann sind wir uns wenigstens ein Mal einig.«

Wie um das Nachlassen der Anspannung zu unterstreichen, holte Antoine hinter dem Tresen die Whiskyflasche und ein Glas hervor, goss sich einen Schluck ein und stellte die Flasche auf den Tisch.

»Bedient euch …«

Jean-Loup, die Beine übereinandergeschlagen, beobachtete die Szene gleichgültig wie ein Fremder. Der Tod von Auguste zwang ihn, sich mit seiner Familie zu befassen, und sein Urteil blieb kalt, objektiv. Vielleicht verstand er seinen Vater jetzt besser und begriff, was ihn von ihm trennte?

Denn selbst in der Wohnung am Parc-de-Sceaux fühlte er sich unbehaglicher als in seiner Mönchszelle in der Salpêtrière. Und wenn sein Blick auf seine Schwester fiel, fühlte er sich ihr keineswegs verbunden.

»Ich glaube, ihr habt einen wichtigen Punkt übersehen«, sagte er schließlich mit unbeteiligter Stimme.

Alle wandten sich ihm zu.

»Onkel Antoine sprach vorhin von einem gewissen Jason, der vor einigen Monaten wegen Unterschlagung zu zwei Jahren Gefängnis verurteilt wurde ...«

Er wandte sich an seinen Vater.

»Du wirst doch wohl leicht herausfinden können, welcher Untersuchungsrichter den Fall behandelt hat?«

»Es sind immer dieselben, denn wir sind alle mehr oder weniger spezialisiert ... Wahrscheinlich Pénaillon oder Mourine ... Sie führen diese Prozesse serienweise ...«

»Bist du mit ihnen befreundet?«

»Ich kenne sie ... Und wenn wir uns auf dem Gang begegnen, geben wir uns die Hand ...«

»Es wäre doch denkbar, dass sich unter den Papieren dieses Jason – angeblich ein ganzer Koffer voll –, die in Villeneuve-Saint-Georges beschlagnahmt wurden, auch Papiere finden, die meinen Großvater betreffen ...«

Die Entdeckung des Schlüssels hatte sie so zuversichtlich gemacht, dass sie den verdächtigen »Rechtsbeistand« darüber ganz vergessen hatten.

»Was ist denn sonst noch in der Brieftasche?«

Wieder war es an Ferdinand zu handeln, und also durchwühlte er, nicht ohne Widerwillen, die Brieftasche seines Vaters. Als Erstes zog er einen vor zehn Jahren verlängerten Personalausweis hervor und ein von einem Optiker in der Rue du Temple ausgestelltes Rezept für eine Brille.

»Hat Vater denn eine Brille getragen?«

Antoine war am meisten überrascht.

»Ich habe ihn nie mit Brille gesehen.«

»Kennst du dich damit aus?«, fragte Ferdinand seinen Sohn und reichte ihm das Blatt.

»Nicht besonders ... Mir kommt es so vor wie eine ziemlich starke Lesebrille ...«

Das drei Jahre zuvor ausgestellte Rezept veranschaulichte den verschlossenen Charakter des alten Mannes, oder seine Schamhaftigkeit. Seine Augen waren schlecht geworden. Es kostete ihn Mühe, die Zeitung zu lesen. Zweifellos hatte er lange gewartet, ehe er heimlich einen Optiker aufsuchte.

Antoine sah ihn wieder vor sich, wie er, kurz bevor er umfiel, einem jungen Paar das Foto zeigte, auf dem er in voller Lebenskraft vor seinem Restaurant stand.

Bis zum Ende hatte er sich aufrecht gehalten und die Brust herausgestreckt, stolz auf seine Kraft. Und über Doktor Patin, der ihm Medikamente verschrieb, hatte er sich lustig gemacht.

Er hatte die Brille nie bestellt, das Rezept aber aufgehoben für den Fall, dass er ohne sie wirklich nichts mehr sehen würde.

»Wer ist das?«, fragte Marie-Laure, die sich zu ihrem Vater hinüberlehnte.

Er hatte ein verblasstes Foto mit abgestoßenen Ecken aus der Brieftasche gezogen, auf dem ein kleiner zwei- oder dreijähriger Junge so entschlossen geradeaus schaute, als wolle er die Zukunft herausfordern.

»Das bin ich ... Ich erinnere mich nicht an dieses Foto ...«

»Ich war noch nicht auf der Welt«, bemerkte Antoine.

Ferdinand war damals noch einziges Kind. Auguste trug

einen blauschwarzen Schnauzbart, den er nachts mit einer speziellen Vorrichtung in Form hielt. Die Mutter kochte für fünfundzwanzig oder dreißig Personen, und das Menü wurde mit Kreide auf eine Schiefertafel geschrieben.

Es fand sich auch noch ein Foto von Bernard am Tag seiner Erstkommunion und eines von Antoine als Soldat.

Alle drei waren gleich überrascht. Nie war ihnen der Gedanke gekommen, Auguste könnte ein Gefühlsmensch sein, und doch hatte er die Fotos seiner drei Söhne in seiner alten Brieftasche mit sich herumgetragen.

Das letzte winzige, zerkratzte Porträt steckte in einer Schutzhülle aus Plastik. Es war aus einem Gruppenfoto ausgeschnitten, und hätten die Söhne Mature es nicht in der Brieftasche ihres Vaters gefunden, hätten sie es nicht erkannt.

Es war ihre Mutter als junges, vielleicht sechzehnjähriges Mädchen. Sie trug Zöpfe, und über der Stirn war ihr Haar zerzaust. Ihr hochgeschlossenes dunkles Kleid war am Hals von einer Spitzenkrause eingefasst.

Sonst fand sich nichts, außer einer vergilbten, ebenfalls zerknitterten Geburtsurkunde Augustes aus der Zeit seiner Ankunft in Paris. War das eine Vorsichtsmaßnahme ihrer Eltern gewesen in einer Zeit, als es noch keine Personalausweise gab, für den Fall, dass er sich verirrte oder einen Unfall hatte?

»Ferdinand ...«

Véronique ließ ihre Armbanduhr sehen.

»Steck die Brieftasche weg, bis wir wieder zusammenkommen und uns ein Andenken aussuchen ...«

»Vergiss den Umschlag nicht ...«, empfahl Bernard.

Ferdinand schob ihn mit ernster Miene in seine Tasche und stand auf.

»Falls Antoine morgen Zeit hat, die Banken im Viertel aufzusuchen, die er ja besser kennt als wir, könnte er fragen, ob Vater in einer von ihnen ein Konto oder einen Safe hatte … Hast du Zeit, Antoine?«

»Vielleicht … Ich nehme an, nach Erhalt der Todesanzeige werden alle kommen, um Abschied zu nehmen …«

»Machst du das Restaurant nicht zu?«

»Das ist nicht üblich … Erst am Dienstag …«

»Ruf mich im Palais de Justice an, wenn du etwas entdeckst … Bist du morgen zu Hause, Bernard?«

Er würde bestimmt zu Hause sein, und zwar im Bett. Nicole sah es voraus, denn sie hatte nicht verhindern können, dass er trank, und in dem Zustand, in dem er sich befand, würde er auch weitertrinken.

Alles in allem endete die Versammlung besser, als sie begonnen hatte. Sie sahen sich an und wussten nicht recht, wie sie sich verabschieden sollten.

Ferdinand zog seinen grauen Überzieher an, Nicole ihren Leopardenmantel, Bernard seinen Kamelhaarmantel, in dem er nur mit Mühe die Ärmel fand.

Jean-Loup, der ohne Mantel gekommen war, streckte als Einziger Antoine seine lange, knochige Hand hin.

»Bis Dienstag …«

Sie gingen auf den Flur, wo sie den sonntäglich herausgeputzten Kindern aus dem dritten Stock begegneten, ihre Eltern kamen hinterher.

»Pierre, Lina! Lasst die Herrschaften vorbei …«

Und die Eltern grüßten respektvoll.

6

Véronique war im Morgenmantel und hatte eben ihr Haar auf Lockenwickler gerollt.

»Ziehst du dich nicht aus?«, fragte sie vom Bad aus.

Es war zehn Uhr abends. Ferdinand hatte immer noch seinen grauen Anzug an, der für ihn eine Art Uniform darstellte, und überflog im Wohnzimmer einen Zeitschriftenartikel.

Gleich nachdem sie von Antoine weggegangen waren – »von Antoine«, sagten und dachten sie jetzt schon, und nicht mehr »von Vater« –, war Jean-Loup schnellstens ins Krankenhaus zurückgefahren, während Marie-Laure ihre Eltern gefragt hatte:

»Könnt ihr mich nicht nach Louveciennes fahren?«

Im Wagen schwiegen sie fast die ganze Zeit, saßen betreten da, als hätten sie ein schlechtes Gewissen. Vor der Villa, wo sie ihre Tochter absetzten, waren an die zwanzig Autos geparkt, darunter zwei Rolls-Royce und mehrere luxuriöse Sportwagen.

»Zu wem gehst du?«

»Ein Typ, der eine große Werbeagentur leitet …«

Ferdinand und seine Frau hatten in einem kleinen Restaurant in Versailles zu Abend gegessen und waren anschließend nach Hause gefahren, wo sie nicht wussten, was sie mit sich anfangen sollten, und wo kein Fernsehprogramm sie interessierte.

Véronique hatte sich die Nägel gefeilt. Ihr Mann hatte gelesen. Sie hatten ohne besonderen Grund die Gewohnheit angenommen, am Sonntag früher als an Wochentagen zu Bett zu gehen. Auch sonst ging Ferdinand jetzt immer früher zu Bett, vielleicht weil er und seine Frau sich nichts zu sagen hatten.

Alle beide schraken zusammen, als an der Eingangstür geklingelt wurde.

»Willst du aufmachen?«

Neugierig und mit einem Anflug von Unruhe stand Ferdinand auf. Niemand klingelte sonst bei ihnen um diese Zeit. Draußen stand Bernard, äußerst erregt, und hinter ihm, fürsorglich und resigniert, Nicole.

»Entschuldige, Ferdinand… Ich weiß schon, was du denkst, und ich gebe lieber gleich zu, dass du recht hast: Ich bin betrunken…«

Schwankend bewegte er sich in Richtung Wohnzimmer. Dabei ließ er seinen Überzieher auf den Teppichboden fallen, ohne Anstalten zu machen, ihn aufzuheben.

»Ist deine Frau nicht da? … Véronique ist eine tolle Frau, und sie soll auch erfahren, dass ich das denke…«

Seit ihrem Aufbruch in der Rue de la Grande-Truanderie hatte Nicole am Steuer gesessen. Sie wusste, dass es nutzlos war, in die Wohnung am Boulevard Rochechouart zurückzukehren. Es war zu spät. Bernard war nicht mehr zu halten. Sie konnte nur noch versuchen, den Schaden zu begrenzen.

»Nur noch eines, Nicole… Bestimmt nur noch eines…«,

hatte er gesagt. »Ich muss unbedingt diesen Typen finden … Ich erinnere mich nicht mehr, wie er heißt … Das hat nichts damit zu tun, dass ich besoffen bin … Es gibt einfach Leute, deren Namen ich nicht behalten kann …«

»Was ist er denn von Beruf?«

»Rechtsanwalt … Die Zeitungen schreiben andauernd über ihn … Erst vor acht Tagen haben wir ein Glas zusammen getrunken … Nein, vor zwei Wochen … Ist ja auch egal … Ich muss unbedingt mit ihm sprechen, verstehst du, weil ich, wenn ich auch nicht danach aussehe, der Einzige bin, der herausgekriegt hat, dass da irgendetwas faul ist …

Ferdinand ist doch Richter, oder nicht? … Na, also. Entweder ist Ferdinand ein Idiot, der nichts begriffen hat, oder er mischt selber mit, und in diesem Fall ist er ein Mordsschweinehund …«

Sie waren von Bar zu Bar gezogen. Sie hatte den Barkeepern, die sie kannten, ein Zeichen gemacht, damit sie möglichst wenig Whisky einschenkten. Er hatte es abgelehnt, zu Abend zu essen, und stattdessen nur Erdnüsse geknabbert.

Zuletzt hatte er doch noch seinen Kumpel aufgetrieben, der tatsächlich Rechtsanwalt war, aber in einem fast ebenso kläglichen Zustand wie er, und danach hatte Bernard darauf bestanden, dass Nicole ihn zu seinem Bruder fuhr.

»Ist es meine Angelegenheit oder nicht? Bin ich etwa kein Mature?«

Nichts Gutes ahnend, kam Véronique aus dem Badezimmer, ein Handtuch um den Kopf geschlungen, um ihre Lockenwickler zu verstecken.

»Hab keine Angst, Véronique … Ich weiß, dass du dich

wegen Nicole schämst, weil wir im Konkubinat leben … Ich schwöre dir, dass wir spätestens in einem Monat verheiratet sind, wenn dir daran liegt, sogar kirchlich …

Gerade sagte ich zu meinem Bruder, dass du eine tolle Frau bist … Nicole findet das auch … Sie ist wütend, weil ich ein Glas zu viel getrunken habe und weil ich euch um diese Zeit ins Haus falle, aber es ist einfach un-er-lässlich …«

Er war nicht oft in einem solchen Zustand, und merkwürdigerweise sah er dann am jüngsten aus. Man merkte ihm seine Wehrlosigkeit an, und er erweckte den Eindruck, als wolle er um jeden Preis als Mann erscheinen.

»Alles«, begann er mit einer großartigen Handbewegung, »was wir heute Nachmittag besprochen haben, ist reiner Schwachsinn …«

Er warf einen misstrauischen Seitenblick auf Ferdinand.

»Habe ich recht oder nicht?«

»Ich weiß nicht, was du meinst …«

»Dieser Schlüssel zum Beispiel, das war doch Schwachsinn, oder nicht?«

»Setz dich …«

Er ließ sich in einen Sessel fallen, wobei er nicht rechtzeitig merkte, wie niedrig er war, und so saß er einen Augenblick lang verdutzt da.

»Weder du noch ich, noch Antoine, noch sonst jemand hat das Recht, den Safe zu öffnen, selbst mit dem Schlüssel nicht … Antworte …«

»Es gibt in der Tat eine Reihe von Formalitäten …«

»Formalitäten, was du nicht sagst! …«

Er war stolz auf sich. Ausgerechnet er, der Jüngste, den

insgeheim alle als Versager betrachteten, hatte entdeckt, wo der Hund begraben lag.

Ferdinand mochte zwar Richter sein, er hatte sich dennoch hereinlegen lassen, es sei denn, er hatte sie seinerseits hereingelegt.

»Was sagt der Artikel … Artikel wie viel, Nicole?«

»Welcher?«

»Der erste, den ich dich gebeten habe abzuschreiben …«

Sie holte aus ihrer Handtasche ein rotes Notizbuch heraus, in das sie, um ihn zu besänftigen, einige Aufzeichnungen gemacht hatte.

»Siebenhundertvierundsiebzig …«

»Gut! Du hast doch das Zivilgesetzbuch, Ferdinand?«

Er triumphierte.

»Ich kenne den Artikel, von dem du sprichst …«

»Hol dein Zivilgesetzbuch …«

Und sein Bruder kam mit einem Dalloz zurück.

»Eine Erbschaft kann vorbehaltlos oder unter dem Vorbehalt der Prüfung des Inventars angenommen werden …«

»Schön! Und wer hat das Recht, sie unter dem Vorbehalt der Prüfung des Inventars anzunehmen? … Ha, ha! Jeder x-beliebige Erbe … Kannst du mir folgen? … Véronique, wenn du mir eine Schwester sein willst, dann gib mir etwas zu trinken …«

Sie sah Nicole an, die nur mit den Schultern zuckte.

»Hab keine Angst … Ich kann mich noch benehmen und werde deinen Teppich nicht schmutzig machen …«

Er lachte. Er scherzte.

»Ich bin vollkommen klar, versteht ihr? Ich bin besoffen, aber vollkommen klar …«

Er wiederholte die letzten Worte, war ganz entzückt.

»Und weil ich vollkommen klar bin, habe ich begriffen … Mein Freund … Wie heißt er noch, Nicole?«

»Liotard …«

»Liotard … Ein großer Rechtsanwalt … Ferdinand, kennst du Liotard?«

»Ich habe von ihm gehört …«

»Wir haben zusammen einen gekippt, und ich hab ihm gesagt, was ich auf dem Herzen habe, weil er ein Bruder ist … Pardon! … Kein richtiger Bruder wie du, du verstehst mich schon … Sieh dir jetzt einen anderen Artikel an, Nicole wird dir die Nummer sagen …«

»Artikel siebenhundertdreiundneunzig …«

Ferdinand gab nach und las, um seine Ruhe zu haben:

»Die Erklärung eines Erben, dass er die Erbschaft nur unter dem Vorbehalt der Prüfung des Inventars annehmen will, muss bei der Kanzlei des erstinstanzlichen Gerichts in demjenigen Stadtviertel hinterlegt werden, in dem …«

»Schön! Das erstinstanzliche Gericht … Ahnst du, worauf ich hinauswill? … Im folgenden Artikel legt das Gesetz fest, dass aufgrund einer solchen Erklärung ein genaues Inventar der Erbgüter angelegt werden muss …

Habe ich meinen Kopf beisammen oder nicht? … Danke, Véronique … Ich trinke auf euch alle … Auf die Gesundheit unserer armen Mutter …

Sie haben drei Monate Zeit, um das Inventar aufzunehmen, und es kann auch länger dauern … Was folgt daraus? … Dass Antoine uns in dieser Zeit nach Belieben hinters Licht führen und bei der Abrechnung mogeln kann, wie er will …«

Seine Gedanken gingen jetzt in eine andere Richtung.

»Schau, Ferdinand, Antoine und wir beide stehen nicht auf gleichem Fuß … Wir zwei sind arme Schweine … Doch, doch! … Ich weiß, was ich sage … Du brauchst dich nicht zu schämen … Die Kanaillen sind nie arme Schweine … Obwohl du Richter bist, verdienst du nur knapp so viel, wie du zum Leben brauchst, und ich habe immer nur Pech gehabt …

Ich bin genauso intelligent wie Antoine … Ich bin sogar klüger als er … Nur, dass ich …«

Er wusste nicht weiter, trank einen Schluck und zog die Brauen hoch. Sein Gesicht lief dunkelrot an, er sah erbärmlich aus. Aus großen feuchten Augen sah er zu seinem Bruder hoch.

»Wie heißt er noch, Nicole?«

»Liotard …«

»Gut … Kennst du ihn?«

»Ich sagte es doch schon …«

»Verzeih … Er hat mich im ›Chez Francis‹ beraten, der Bar, in der er fast jeden Abend anzutreffen ist … Warst du schon einmal im ›Chez Francis‹?«

»Nein …«

Es spielte keine Rolle! Er ließ das Thema fallen und kramte in seinem Gedächtnis, bemüht, den Faden nicht zu verlieren. Und das war umso schwieriger, als er sich der Tragweite seiner Worte durchaus bewusst war.

»Ihr wolltet eben zu Bett gehen … Bitte verzeih mir, Véronique … Aber morgen … Und in erster Linie …«

Was, in erster Linie? Im Auto hatte er seine Gedanken geordnet. In der mit Mahagoni ausgestatteten Bar hatte

Liotard ihm einen Vortrag über Erbrecht gehalten. Er kannte die Artikel des Zivilgesetzbuchs auswendig und sagte sie mit der genauen Nummer auf, wie ein Jongleur, der seine Bälle hochwirft.

»Ich brauche Geld, das will ich gar nicht verheimlichen, und ich schäme mich dessen auch nicht … Die anständigen Leute tun die ganze Zeit nichts anderes, als hinter dem Geld herzulaufen … Auch du, Ferdinand, brauchst Geld, oder behauptest du etwa das Gegenteil? …«

Es war ratsam, ihm recht zu geben, wenn man einen Ausbruch verhindern wollte. Denn widersprach man ihm, wenn er in diesem Zustand war, würde er womöglich einen Wutanfall bekommen, wie ein Kind auf den Boden stampfen und sämtliche unangenehmen Wahrheiten herausbrüllen, die ihm durch den Kopf schossen.

Nicole, die solche Szenen gewohnt war, warf Ferdinand und seiner Frau einen flehentlichen Blick zu.

»Schön! Was sagte ich eben?«

»Dass wir Geld brauchen …«

»Nimm also an, dass Antoine die Erbschaft nur annimmt unter … Wie hieß das noch?«

»Unter dem Vorbehalt der Prüfung des Inventars …«

»Mit diesem Trick kann er uns monatelang, jahrelang hinhalten. Und nicht nur das … Es gibt einen anderen Artikel über die Un … die Un …«

»Die Unteilbarkeit …«

»Wenn Antoine will, hat er das Recht, das Restaurant weiterzuführen, ohne es zum Verkauf auszuschreiben und ohne uns auszuzahlen … Ist das richtig?«

»Nicht so ganz … Ungefähr …«

»Also!… Dämmert es dir allmählich?…Wer hält die Fäden in der Hand?… Hat unser Vater etwa Buch geführt?… Verstand er vielleicht etwas von Buchführung?… Wer hat sich seit zwanzig Jahren mit den Geldangelegenheiten befasst?…

Man hat einen Schlüssel gefunden, schön… Aber wir haben kein Recht, ihn zu benützen, ehe wir nicht alle übereingekommen sind, dass wir die Erbschaft annehmen… Vorbehaltlos, verstehst du?…«

Nein. Sein Bruder sah noch immer nicht, worauf er hinauswollte.

»Entweder nimmt man sie an, und dann bekommt man das Geld gleich ausgezahlt, oder man nimmt sie nur unter dem Vor… dem Vorbehalt der Prüfung des Inventars an, und dann kann man Jahre warten, so lange, bis das Haus keinen Sou mehr wert ist… Was hat Antoine gesagt?… Dass es wahrscheinlich binnen drei Jahren abgerissen wird… Weißt du, als was Liotard…«

Er lächelte voller Stolz, den Namen des Rechtsanwalts allein gefunden zu haben.

»Weißt du, als was Liotard unsere Sache bezeichnet hat? Als ein Wespennest… Ohne Inventar kann Antoine uns erzählen, was er will, und uns Zahlen nennen, die ihm in den Kram passen… Und mit Inventar arbeitet die Zeit für ihn… Stimmt's?«

Es stimmte. Ferdinand hatte daran gedacht, es aber am Nachmittag absichtlich unterlassen, die Frage vor seinen Brüdern aufzuwerfen.

Noch vor zwei Tagen hatte er keinerlei Hoffnung gehabt, dass seine finanzielle Lage sich ändern könnte. Seitdem von Millionen die Rede war, war er ebenso ungeduldig wie Bernard und darum bemüht, alle Komplikationen zu vermeiden.

Er war nicht stolz auf sich. Er sagte sich immer wieder, dass er nur Véronique zuliebe so handelte, damit er ihr ein besseres Leben bieten konnte.

Auch er beneidete Antoine, der sich jetzt als der reiche Mann in der Familie entpuppte.

Antoine war von allen drei Brüdern der am wenigsten gebildete, wahrscheinlich auch der am wenigsten intelligente. Fernande war ein Mädchen von der Straße, und trotzdem waren sie und Antoine ein wirkliches Paar. Sie brauchten nur einen Blick zu wechseln und verstanden sich.

»Gib mir noch etwas zu trinken, Véronique… Ich schwöre dir, es ist das letzte Glas… Hab keine Angst, Nicole… Sobald ich gesagt habe, was ich noch zu sagen habe, gehen wir… Ja, morgen werde ich einen Kater haben… Verzeih mir… Du wirst dich um mich kümmern müssen… Und du, Ferdinand, trinkst du denn nie?«

»Selten…«

»Sei bloß froh… Wenn es mich überkommt, mache ich Nicole unglücklich und mir selber Vorwürfe… Ihr kennt Nicole nicht… Sie wollte mich nicht heiraten, aus Angst, dass es mir schaden könnte… Auch wenn ich ihr immer wieder sage…«

Er stand auf, konnte in letzter Sekunde noch verhindern, dass er kopfüber auf den niedrigen Tisch stürzte, auf dem sein Glas stand, und küsste, nachdem er das Gleichgewicht wiedergefunden hatte, der jungen Frau die Hand.

»Zunächst einmal sind wir alle drei die Söhne unseres Vaters, oder nicht? … Steckten nicht die drei Fotografien in seiner Brieftasche? … Das ist doch ein Beweis, da kann Antoine sagen, was er will … Wenn wir, du und ich, nicht zusammenhalten, wird Antoine uns übers Ohr hauen … Noch etwas hat der Rechtsanwalt mir gesagt … Liotard … Du siehst, dass ich mich an alles erinnere, dass ich ganz klar bin … Es betrifft unsere Mutter … Haben Vater und sie Gütergemeinschaft oder Gütertrennung? …«

»Gütergemeinschaft …«

»Folglich hat sie ein Anrecht auf die Hälfte … Wenn wir zum Friedensrichter gehen, muss sie mitkommen und Papiere unterzeichnen …«

Véronique sah ihren Mann erstaunt, ja vorwurfsvoll an. Warum hatte er ihr von diesen Komplikationen nichts gesagt?

»Hättest du das Herz, Maman vor den Friedensrichter zu schleppen?«

»Nein …«

»Und glaubst du, dass sie noch in der Lage ist, mit ihrem Namen zu unterschreiben? … Jemand müsste ihr die Hand führen … Doktor Patin weiß genau, dass sie nicht mehr bei Verstand ist … In diesem Fall, sagt Liotard, muss man einen Vormund oder einen Familienrat ernennen …«

Mit hängendem Kopf saß er wieder in seinem niedrigen Sessel und wischte sich den Schweiß von der Stirn.

»Wir werden die Geprellten sein, Ferdinand … Deswegen bin ich gekommen … Deswegen habe ich euch noch so spät gestört … Wir dürfen nicht die Geprellten sein … Mein ganzes Leben lang bin ich der Geprellte gewesen …

Du kennst mich ... Du weißt, dass ich ein guter Kerl bin ... Ich vertraue den Leuten ... Und weil ich ihnen vertraue ... Ich hab zu viel getrunken ... Wenn das alles vorbei ist, werde ich nicht mehr trinken ... Wenn ich trinke, tue ich es nur, weil ... Nicole? ...«

»Was?«

»Erinnerst du dich noch an das, was er dir zum Schluss gesagt hat? ... Entschuldigt ... Allmählich bringe ich alles durcheinander ... Noch ein Glas, Véronique, ein ganz kleines ...«

»Nein«, widersprach Nicole. »Wenn ihr es ihm gebt, schläft er auf der Stelle ein, und ich kann ihn nicht mehr nach Hause bringen ...«

»Ich bin ganz klar ...«

»Ich weiß ...«

»Also, dann sag ihnen ...«

Betreten blickte Nicole vom einen zum andern und zögerte.

»Mich geht das nichts an ... Ich kenne Liotard überhaupt nicht ... Er hatte ein paar Gläser intus und redete, um sich reden zu hören ... Möglicherweise sind seine Ratschläge wertlos ... Seiner Meinung nach sollten wir unter allen Umständen vermeiden, die Sache vor Gericht zu bringen, und stattdessen versuchen, von Antoine einen möglichst großen Brocken zu bekommen ... Das waren seine Worte ...

Was den Friedensrichter betrifft und die Genehmigung, den Safe zu öffnen, so handelt es sich dabei, behauptet er, nur um eine unbedeutende Formalität, und eine Unterschrift eurer Mutter, selbst wenn man ihr beim Schreiben die Hand führen muss, würde genügen ...«

Sie war rot vor Verlegenheit. Es verwirrte sie, dass Véronique, die ihr immer die kalte Schulter gezeigt hatte, sie nun neugierig, ja mit wachsender Sympathie betrachtete.

»Was hältst du davon, Ferdinand?«

»Ich muss darüber nachdenken, die Artikel im Gesetzbuch nachlesen, denn ich habe mich nie mit zivilrechtlichen Angelegenheiten befasst. Ich muss mein Gedächtnis auffrischen …«

»Im Sack!«, rief Bernard plötzlich aus, der längere Zeit geschwiegen hatte.

Und da er nichts weiter verlauten ließ, sondern schläfrig und mit einem verzückten Lächeln auf den Lippen sitzen blieb, ergriff Nicole abermals das Wort.

»Ja. Liotard hat gesagt, dass ihr, alles in allem, die Katze im Sack kauft. Damit ihr die Genehmigung erhaltet, den Safe zu öffnen, müsst ihr zuvor die Erbschaft annehmen … Niemand aber weiß, was in dem Safe drin ist …«

»Man könnte genauso gut Schulden erben …«, stotterte Bernard mit einem gezwungenen Lachen und griff nach seinem leeren Glas.

Véronique fuhr erschrocken zusammen.

»Das war sicher nur ein Scherz … Ich glaube, es hat ihm einfach Spaß gemacht, Bernard einen Schrecken einzujagen … Allerdings gab ihm die Sache mit Jason zu denken …«

»Morgen früh werde ich mich darum kümmern … Selbst wenn ich das Verhör auf Dienstag verschieben muss … Nein, auf Mittwoch …«

An die Beerdigung seines Vaters hatte er gar nicht mehr gedacht.

»Komm, Bernard … Jetzt hast du alles erzählt, was du zu erzählen hattest … Du bist müde … Ferdinand und Véronique sind auch müde …«

»Bist du mit mir einverstanden, Ferdinand?«

»Aber ja …«

Keiner von beiden sagte, womit er einverstanden war, Bernard, weil er dazu nicht mehr in der Lage war, Ferdinand, weil er nur obenhin ja gesagt hatte, um seinen Bruder loszuwerden.

»Steh auf …«

Sie half ihm in den Mantel, der auf dem Boden liegengeblieben war.

»Weißt du, Ferdinand, dich als kleines Kind auf dem Foto zu sehen ist mir nahegegangen … Letzten Endes sind wir doch Brüder, nicht? … Wir müssen wie Brüder zusammenhalten, habe ich zu Nicole gesagt, die nicht wollte, dass ich zu euch komme …«

Es dauerte mehrere Minuten, bis sie ihn an den Aufzug gebracht hatten, und Ferdinand und Véronique warteten, über das Treppengeländer gebeugt, bis sie die Eingangstür ins Schloss fallen und kurz darauf einen Wagen anspringen hörten.

Wie gewöhnlich klingelte der Wecker um fünf, und Antoine, der im Dunkeln den Arm ausstreckte, konnte ihn noch rechtzeitig abstellen, bevor Fernande aufwachte. Er tastete sich aus dem Zimmer, ging ins Bad und rasierte sich mit der besorgten Miene eines Mannes, der einen schweren Tag vor sich hat.

Es war noch dunkel, als er erst zwischen den Gemüseständen, die nach feuchter Erde rochen, dann zwischen den Verkaufsständen mit Fisch und Schalentieren seinen Rundgang machte.

Er beeilte sich nicht, ging etwas schwerfällig durch die Hallen, drückte hier und da eine Hand, die sich ihm entgegenstreckte, und murmelte »Danke«, sooft jemand leise sagte:

»Mein Beileid, Antoine …«

Dann stand er in Léons Laden und sah eine Zeitlang schweigend zu, wie dieser die großen Fleischstücke zerteilte und zurechtmachte. Léon brach das Schweigen.

»Mein Vater will es zwar nicht zugeben, aber für ihn ist es doch ein herber Schlag … Gestern habe ich gesehen, wie er vier- oder fünfmal an deinem Haus vorbeiging und zu den Fenstern im ersten Stock hinaufsah … Sie konnten sich gut leiden, Auguste und er … Sie waren die beiden Letzten … Jetzt wartet mein Alter darauf, dass die Reihe an ihn kommt …«

Ein wenig später, nachdem Antoine seine Bestellung aufgegeben hatte:

»Kann man heute noch einmal zu ihm gehen?«

»Ja, natürlich … Übrigens, vielen Dank für die Blumen …«

»Das ist doch das mindeste …«

Jules hatte inzwischen die Läden hochgezogen und die Kaffeemaschine angestellt. Im vorderen Saal waren an diesem Tag mehr Gäste als gewöhnlich, alles Leute aus den Markthallen, wie immer um diese Zeit. Der Saal roch nach Kaffee, Schnaps und warmen Croissants. Antoine hatte den Eindruck, dass die Leute ihn anders ansahen als sonst.

Er war nicht mehr Augustes Sohn. Er hatte den Platz seines Vaters eingenommen, er war nun der Chef.

»Schenk mir einen Kaffee ein, Jules …«

Jules flüsterte Antoine ins Ohr:

»Ein paar haben gefragt, ob sie hinaufgehen und ihn sehen können …«

»Ich gebe dir Bescheid, wenn ich herunterkomme …«

Fernande hatte daran gedacht. Fertig angezogen, in einem sehr einfachen schwarzen Kleid, demselben, das sie auch hinter der Kasse trug, half sie Madame Ledru, die Wohnung aufzuräumen und die alte Frau in ihren Lehnstuhl zu setzen.

»Ich nehme an, dass die Leute kommen werden, um ihn noch einmal zu sehen?«

»Ja, unten haben schon ein paar darum gebeten …«

»Sie können heraufkommen … Während des Mittagessens muss Liselotte mich heute an der Kasse vertreten …

Eben kam ein Anruf aus Riom … Von einem Mature, Gabriel, wenn ich richtig verstanden habe, einem seiner Großneffen … Er ist stellvertretender Bahnhofsvorsteher … Da er kostenlos reisen kann, sagt er, wird er gerne zur Beerdigung kommen, wenn du ihm ein Zimmer im Viertel besorgen kannst …«

»Was hast du geantwortet?«

»Dass wir ihm eines besorgen werden. Ich werde mich gleich darum kümmern …«

Er ging wieder hinunter und gab Jules grünes Licht.

»Sie können hinaufgehen …«

Dann arbeitete er in der Küche mit Julien Bernu. Da

Fernande oben beschäftigt war, trug er selber die Tagesgerichte mit roter Tinte auf der Speisekarte ein.

Als er hinaustrat, wurden gerade Blumen abgeliefert. Noch mehr Blumen würden kommen. Da man wegen der schwarzen Wandbehänge das Fenster in dem Zimmer, in dem der Sarg stand, nicht öffnen konnte, war der Blumenduft so überwältigend, dass Antoine davon fast schlecht wurde, zumal er schwer und süßlich schon durchs ganze Haus strömte.

Gegen halb zehn betrat Antoine die Bank, den Crédit Lyonnais in der Rue Saint-Honoré, bei der er ein Konto hatte. Er kannte den Vizedirektor, Monsieur Grangier, der sich gelegentlich um seine Angelegenheiten kümmerte.

»Herzliches Beileid, Monsieur Mature … Ich habe gehört, was geschehen ist … Wann ist übrigens die Beerdigung?«

»Morgen früh um neun …«

»Ich komme selbstverständlich … Kann ich irgendetwas für Sie tun?«

»Wir sind in einiger Verlegenheit, meine Brüder und ich … Mein Vater hat kein Testament hinterlassen, aber wir haben in seiner Brieftasche einen Schlüssel gefunden …«

Er zog seinen Schlüsselbund aus der Tasche und machte seinen Safeschlüssel davon los.

»Er ist zwei oder drei Millimeter länger als dieser und glänzt stärker. Der Ring ist nicht rund, sondern oval und trägt die Nummer hundertdreizehn …«

»Haben Sie ihn nicht bei sich?«

Antoine wurde rot, als er antwortete:

»Nein … Ich habe ihn meinem älteren Bruder anvertraut …«

»Wenn es ein Safeschlüssel ist, und danach sieht es aus, stammt er sicher aus dem Comptoir d'Escompte, denn dort haben sie Schlüssel, auf die Ihre Beschreibung passt … Ich nehme an, dass Ihr Vater eine Filiale in seinem Viertel gewählt hat?«

»Er ist selten weit gegangen …«

»Wollen Sie, dass ich meinen Kollegen dort anrufe? … Am Boulevard Sébastopol gibt es ein Comptoir d'Escompte … Einen Augenblick …«

Von mehreren Telefonen, die auf seinem Schreibtisch standen, nahm er das mit direkter Verbindung nach draußen und wählte die Nummer.

»Geben Sie mir Monsieur Favret, bitte … Für Monsieur Grangier … Setzen Sie sich, Monsieur Mature … Hallo! … Favret? … Ausgezeichnet, danke … Ihrer auch? … Richten Sie ihr bitte Grüße aus … Ich möchte Sie um eine Auskunft bitten …

Der Vater eines unserer guten Kunden ist vor kurzem gestorben … Mature, ja … Wie, bitte? … Eben deshalb rufe ich Sie an … Sein Sohn ist in meinem Büro … Sie haben einen Schlüssel mit der Nummer hundertdreizehn gefunden … Keine Papiere, nein … Ist das bei Ihnen? …

Einen Augenblick … Ich werde ihn fragen …

Sie sind mehrere Erben, nicht wahr? Drei Brüder, wenn ich nicht irre … Und Ihre Mutter lebt noch? …

Favret? … Die Mutter und drei Söhne … Alle drei volljährig, ja … Beim Friedensrichter … Haben Sie vielen Dank … Ich werde es ihm sagen …«

Er war beinahe wie ein Taschenspieler, dem ein Trick gelungen ist.

»Es war ganz einfach, wie Sie sehen… Ihr Vater hatte tatsächlich einen Safe im Comptoir d'Escompte… Hingegen hatte er nie ein Konto, vermutlich, weil Sie sich um die Geldangelegenheiten gekümmert haben… Sie brauchen nur mit Ihren Brüdern zum Friedensrichter in unserem Viertel zu gehen, Rue du Louvre. Ich glaube, es genügt sogar, wenn Sie sich an den Gerichtsdiener wenden…«

»Und meine Mutter?«

»Kann sie nicht mit Ihnen kommen?«

»Sie kann das Haus nicht mehr verlassen.«

»Dann bekommt sie ein Formular, das sie unterschreiben muss… Ich freue mich, dass ich Ihnen einen kleinen Dienst erweisen konnte, zumal Sie vermutlich alle Hände voll zu tun haben…«

Antoine bemerkte kaum, dass die Luft draußen nach Frühling roch, dass die Frauen helle Kleider trugen, dass die Männer, wie er selbst, zum ersten Mal in diesem Jahr ohne Mantel unterwegs waren.

Als er nach Hause kam, herrschte im Treppenhaus ein reges Kommen und Gehen, alle zehn Minuten ging ein Bote mit Blumen oder einem Kranz nach oben.

Antoine rief im Palais de Justice an, und es dauerte eine ganze Weile, bis er mit Ferdinand sprechen konnte.

»Hier Antoine…«

»Ich hatte mir gerade vorgenommen, in einer Stunde zu dir zu kommen… Bist du zu Hause?…«

»Ja… Ich habe die Bank gefunden…«

»Wie hast du das gemacht?«

»Ich habe den Vizedirektor meiner Bank gefragt … Ich habe ihm den Schlüssel beschrieben, und er hat beim Comptoir d'Escompte angerufen … Papa hatte dort einen Safe, aber kein Konto …«

»Ich komme …«

René Mauvis hatte Pech. Er würde bis Mittwoch warten müssen. Er war ja auch kein wichtiger Mann, sondern einer von denen, die sich um sechs Uhr abends in die überfüllte Metro quetschen. Und wenn er nicht verdächtigt worden wäre, zwei Morde begangen zu haben, hätte kein Mensch je von ihm gesprochen. Dem Verteidiger hatte Ferdinand bereits telefonisch abgesagt.

»Es tut mir sehr leid wegen Ihres Terminkalenders, Maître. Das Verhör hätte am Samstag stattfinden können … Es ist nicht meine Schuld, dass ich es auf Mittwoch verschieben muss … Nein, ausgeschlossen! … Morgen wird mein Vater beerdigt …«

In der Rue de la Grande-Truanderie löste Antoine Fernande für eine Weile ab, damit sie ein wenig frische Luft schöpfen konnte. Die Wohnung im ersten Stock war zum Ersticken. Überall waren Blumen. Da im Totenzimmer kein Platz mehr war, lagen sie jetzt auch im Wohnzimmer, wo sie bereits das ganze Sofa bedeckten.

Auf ein kleines Tischchen hatte Fernande ein Silbertablett gestellt, auf dem an die zwanzig Visitenkarten lagen, die einen mit umgeknickten Ecken, die anderen nicht.

All das war neu für Antoine. Bis jetzt war noch niemand in der Familie gestorben, und er war verwirrt. Die beiden Männer, die gekommen waren, um den Sarg zu schließen, kannte er nicht.

Wie vor ihm Fernande stellte er sich im Wohnzimmer auf, nicht weit von der offenen Tür. Zögernd traten die Besucher auf ihn zu und drückten ihm die Hand, während sie mehr oder weniger verständliche Worte murmelten.

»Ich danke Ihnen …«

Er kannte nicht alle diese Männer und Frauen, denn es kamen nicht nur Leute aus den Markthallen. Handwerker, die für die Matures gearbeitet hatten, sahen ganz anders aus, weil sie nun Anzüge anhatten, während Antoine sie sonst nur in ihrer Arbeitskleidung gesehen hatte.

Der alte Vater von Léon brauchte lange, um die Treppe hinaufzusteigen, und als er oben ankam, war der Sarg bereits geschlossen. Lange blieb er davor stehen, aufrecht, ohne sich um die Leute zu kümmern, die rings um ihn kamen und gingen.

Dann tauchte er den Buchsbaumzweig in das Weihwasser ein und schlug feierlich das Kreuz über seinem Freund.

Er würde noch ein oder zwei Jahre leben, vielleicht auch nur bis zum nächsten Winter, und dann wäre die Reihe an Antoine, ihn im Haus nebenan ein letztes Mal zu grüßen.

Als Fernande wieder zu ihm trat, flüsterte sie ihm zu:

»Dein Bruder ist oben. Ich hielt es für besser, ihn nach oben zu schicken, denn unten bereiten sie schon alles fürs Mittagessen vor, und das Personal geht gleich zu Tisch …«

Er stieg die Treppe hinauf und traf Ferdinand, der in der Mitte des Wohnzimmers stand.

»Bist du nicht müde?«, fragte der Richter. »Ich hätte nicht gedacht, dass so viele Leute kommen …«

»Ich auch nicht …«

»Leider können wir euch nicht helfen, deiner Frau und dir … Ich bin schon so lange aus dem Viertel weg, dass ich niemanden mehr kenne, und Véronique natürlich noch weniger …«

»Natürlich …«

»Ich dachte, es ist besser, wenn wir beide uns allein unterhalten … Bernard und Nicole waren gestern Abend bei uns …«

Antoine sah ihn an. Er war kaum überrascht. Überhaupt war er an diesem Morgen ein wenig in den Wolken und hatte sich eben gefragt, was wohl sein Bruder machte, wenn er abends in seiner Wohnung war.

Unten waren Leute. Im ersten Stock waren Leute. Und hier Ferdinand. Und in einer Stunde, gleich nach dem Mittagessen des Personals, würde er im Kasperletheater wieder auf dem Posten sein und den Gästen die Speisekarte reichen.

»Bernard hatte getrunken und war ziemlich in Fahrt … Du kennst ihn ja … Immer sitzen ihm die Geldsorgen im Nacken … Und jetzt, wo er ein Vermögen in Reichweite sieht, möchte er es auf der Stelle haben und zittert vor Angst, es könnte ihm entgehen …«

»Was stellt er sich denn vor?«

»Dass der Safe geöffnet wird, natürlich … Aber zuerst möchte ich dir eine Frage stellen … Ich gehe selbstverständlich davon aus, dass du die Erbschaft annimmst …«

»Was meinst du damit? Bin ich nicht ohnehin Erbe?«

»Schon … Es gibt da kleine gesetzliche Nuancen … Hör zu … Ich habe über die Frage gründlich nachgedacht … Wir haben zwei Möglichkeiten, die Erbschaft zu regeln …

Jeder von uns kann die Erbschaft entweder ausschlagen oder unter öffentlichem Inventar annehmen, und dann nimmt sich das Gericht der Sache an und ernennt Experten …«

Antoine, der noch wenige Minuten zuvor im Totenzimmer gewesen war, runzelte die Stirn.

»Ist denn jemand da, der ein Inventar verlangt?«

»Ich nicht … Bernard auch nicht … Wir vertrauen dir beide, und was Maman betrifft, die Arme, so versteht es sich ja von selbst …«

Was also? Warum sah Ferdinand so betreten und gleichzeitig so ängstlich aus? Er knetete seine Hände wie als Bub, wenn er zu Hause ein schlechtes Zeugnis unterschreiben lassen musste.

»Ich sehe nicht, was daran so kompliziert sein sollte … Meine Bücher stehen zu eurer Verfügung … Jeder beliebige Buchhalter eurer Wahl kann sie prüfen … Und was das Geschäft betrifft, so ist es nicht schwer, in Erfahrung zu bringen, wie viel es ungefähr wert ist …«

»Du hast recht … Oder genauer, du hättest recht, wenn nicht dieser Banksafe wäre … Wir wissen nichts über das Vermögen, das unser Vater hinterlassen hat … Damit wir den Safe öffnen können, muss der Richter uns eine Genehmigung erteilen …«

»Ich weiß …«

»Gerade habe ich mit ihm telefoniert … Wir, die drei Brüder, müssen vor ihm eine Erklärung unterschreiben, dass wir die Erbschaft annehmen …«

»Und Maman?«

Ferdinand wich seinem Blick aus.

»Wenn wir zugeben, dass sie nicht mehr zurechnungsfähig ist, entstehen alle möglichen Komplikationen ... Ich habe ein Formular, das sie unterschreiben soll ...«

»Sie kann nicht mehr schreiben ...«

»Sie kann, wenn deine Frau ihr die Hand führt ...«

Es hätte nicht viel gefehlt, und Antoine wäre empört aufgesprungen.

»Was soll die ganze Geschichte?«, stieß er hervor und konnte sich nur mühsam beherrschen.

Das Blut war ihm zu Kopf gestiegen, und seine Augen bohrten sich in die seines Bruders.

»Es gibt keine Geschichte ... Ich versuche nur, dir die Sache so einfach wie möglich zu erklären ... Das Gesetz sieht vor, dass die unmittelbaren Erben, sofern sie volljährig sind, sich ohne Formalitäten in die Erbschaft teilen können ... Ich bin gekommen, um dich in Bernards und in meinem Namen zu fragen, ob du damit einverstanden bist ...«

»Und Maman? ...«

»Ich glaube nicht, dass wir irgendjemandes Rechte verletzen, wenn wir ihr helfen, ein Papier zu unterschreiben, gegen das sie, wäre sie noch bei Verstand, nichts einzuwenden hätte ... Soll der Safe geöffnet werden oder nicht?«

»Er soll geöffnet werden, aber ...«

Antoine wollte sagen:

»Aber damit könnte man wenigstens so lange warten, bis Vater beerdigt ist ...«

Sie bedrängten ihn, ließen ihm keine Ruhe. Er begann sich zu fragen, warum seine Brüder es so eilig hatten und ob das Ganze nicht eine Falle war.

»Gut. Dann wird der Safe heute Nachmittag um halb drei geöffnet. Ich habe uns für zwei Uhr beim Friedensrichter angemeldet… Jeder von uns unterschreibt das gleiche Papier wie Maman… Hier ist das Formular, das Maman unterzeichnen soll… Bitte deine Frau…«

Antoine nahm es ihm aus der Hand und ging hinaus. Er war nicht mehr rot, sondern blass. Auf dem Flur schob er ein paar Unbekannte, die ihm den Weg versperrten, fast grob zur Seite. Er machte Fernande, die die Beileidsbezeigungen entgegennahm, ein Zeichen, mit ihm zu kommen, und zog sie ins Zimmer seiner Mutter.

»Anscheinend ist es unerlässlich, dass sie das unterschreibt… Kannst du ihr die Hand führen?«

Sie sah ihn erstaunt an.

»Kommt das von Ferdinand?…«

Er nickte.

»Werden uns daraus keine Unannehmlichkeiten entstehen?«

»Er behauptet, nein… Wenn wir ihre Unterschrift nicht haben, müssen wir sie als verrückt erklären lassen, und dann mischt sich das Gericht ein…«

Sie traute der Sache noch weniger als er.

»Hast du dir das gut überlegt, Antoine?«

Er war so angewidert, dass er in diesem Augenblick alles getan, jedes beliebige Papier unterschrieben hätte, nur um seine Ruhe zu haben.

»Tu es… Ich bleibe so lange hier…«

Er stellte sich mitten im Wohnzimmer auf, das Gesicht wie erstarrt, schüttelte Hände, die sich ihm entgegenstreckten, und murmelte automatisch:

»Ich danke Ihnen … Danke … Ich danke Ihnen … Morgen um neun Uhr, ja … Danke …«

Es schien ihm eine Ewigkeit, bis Fernande zurückkam und ihm das Blatt in die Hand schob.

»Hat es geklappt?«

»Es war nicht einfach …«

Dann ging er zu seinem Bruder hinauf.

7

Hat deine Frau es geschafft?«

Antoine reichte ihm wortlos das Papier, ohne auch nur einen Blick darauf geworfen zu haben. Ferdinand schob es in seine Brieftasche, brach aber noch nicht auf.

»Ich muss mit dir über diesen Jason sprechen … Ich tue es lieber, wenn Bernard nicht dabei ist, sonst wird er wieder wütend …«

Antoine sah ihn gleichgültig an.

»Wie ich schon dachte, hat mein Kollege Mourine den Fall bearbeitet. Heute Morgen hatte ich eine kurze Unterredung mit ihm. Jason hatte eines dieser zwielichtigen Büros, von denen es rund um die Porte Saint-Martin, die Porte Saint-Denis und die Markthallen mehrere gibt.

Manche von ihnen sind auf den An- und Verkauf von Geschäften spezialisiert. Andere leihen kurzfristig Geld aus. Wieder andere helfen Handwerkern und kleinen Ladenbesitzern bei der Steuererklärung und der Buchhaltung …

Jason übte alle diese Tätigkeiten gleichzeitig aus … Zwei- oder dreimal sah sich die Staatsanwaltschaft in den letzten Jahren veranlasst, die Nase in seine Angelegenheiten zu stecken, konnte ihm aber nie etwas Strafbares nachweisen …

Seine Kunden vertrauten ihm, er war ihr Buchhalter, ihr Rechtsanwalt, ihr Bankier … Du verstehst schon, was ich meine … Er war das, was die einfachen Leute auf dem Land oder in Kleinstädten einen ›Rechtsbeistand‹ nennen …

Diese Kerle machen gern krumme Touren … Wenn ich richtig verstanden habe – denn das fällt nicht in mein Ressort –, nahm er gelegentlich Leibrenten auf sein Konto … Er hat auch, was natürlich verlockend war, mit dem Geld seiner Kunden spekuliert, manchmal sogar für angesehene Notare …

Eines schönen Tages stand er vor einem Loch … Er konnte es nicht mehr stopfen, war zahlungsunfähig … Die Nachricht verbreitete sich wie ein Lauffeuer im Viertel, und in der allgemeinen Panik haben sich alle Kunden gegen ihn gestellt …

Für meinen Kollegen Mourine ist es eine ganz banale Geschichte … Im Ganzen etwa dreißig Kläger … Die Überprüfung der in Villeneuve-Saint-Georges beschlagnahmten Bücher und Papiere ergab, wie er angenommen hatte, dass die Buchhaltung gefälscht war …

Ich wollte von Mourine wissen, ob unser Vater unter denen war, die Anklage erhoben haben … Offenbar nicht …

Mourine hat mir als Freundschaftsdienst und ausnahmsweise das Adressbuch anvertraut, das mit den übrigen Dokumenten beschlagnahmt wurde …«

Er zog ein ziemlich dickes, in Wachstuch gebundenes Notizbuch hervor, das von einem Gummiband zusammengehalten wurde.

»Jason hat sich die Namen und Adressen seiner Kunden

aufgeschrieben und immer, wenn jemand starb – denn er arbeitete hauptsächlich für ältere Leute –, den Namen mit Rotstift durchgestrichen … Vater steht auch darin … Hier, auf dieser Seite … Wie du siehst, stehen unter dem Namen und der Adresse nur Daten ohne irgendeinen zusätzlichen Vermerk … Im September 1947 fängt es an …«

»Das war, als Vater mir das Papier über meine Beteiligung am Geschäft ausstellte …«

»Dann sind weitere Daten untereinandergeschrieben: März 1948, Februar 1949, dann wieder März 1950 und so fort. Dazwischen, aber selten, auch andere Monate, August, November, ein einziges Mal Dezember …«

Antoine gab das Adressbuch seinem Bruder zurück.

»Ich fürchte«, seufzte Ferdinand, »dass wir uns auf unangenehme Überraschungen gefasst machen müssen … Ein wenig beruhigt mich nur, dass Vater nicht unter den Klägern war … Aber jetzt muss ich gehen … Ich muss noch Bernard über unser Gespräch unterrichten … Also, um zwei Uhr beim Friedensrichter im ersten Arrondissement, Rue du Louvre …«

»Ich begleite dich hinunter …«

Antoine gab ihm nicht die Hand, sah auch nicht nach Fernande, sondern trat in die Küche und stellte sich dann im zweiten Saal auf, um die ersten Gäste in Empfang zu nehmen und zu placieren.

Auf die Glasscheibe der Eingangstür hatte er einen Anschlag geklebt: *Das Restaurant bleibt am Dienstag geschlossen.*

Der Blumenduft drang nun bis in die Räume im Erdgeschoss, wo er sich mit den Küchengerüchen vermischte.

Antoine machte die gleichen Gesten wie alle Tage, sagte dieselben Worte wie alle Tage, aber er tat es wie ein Automat. Liselotte kümmerte sich um die Kasse und gleichzeitig um die Garderobe.

Er hatte nicht zu Mittag gegessen. Auf einem seiner Gänge in die Küche aß er nur rasch ein kaltes Hühnerbein.

Der rothaarige Kellner François hatte die Mahlzeit für Fernande und die alte Frau nach oben getragen. Die Sonne schien voll in den vorderen Saal, spiegelte sich auf dem Zinktresen und den Flaschen. Auch das Gemüse, das Obst und die Blumen in den Markthallen hatten an diesem Morgen ganz besonders in der Sonne geglänzt, aber er hatte keinen Blick dafür gehabt.

Gewöhnlich galt morgens, wenn er aus dem Haus trat, sein erster Blick dem Himmel. Fast wie die Bauern hätte er die Uhrzeit nach dem Stand der Sonne angeben können, nach dem Winkel der Strahlen, die ins Restaurant oder in die Wohnung fielen.

Seit Samstag war er dafür unempfänglich, ja, es war ihm kaum bewusst, dass plötzlich der Frühling da war.

Als er nach oben ging, lag seine Mutter im Bett, und Fernande machte ringsum Ordnung. Sie brauchte nur einen Blick auf ihn zu werfen, um zu wissen, dass er verstimmt war.

»Was ist los mit dir? Ist irgendetwas nicht in Ordnung? Ist es der Besuch von Ferdinand?«

Er antwortete mit einer Geste, als wolle er etwas Ungreifbares verscheuchen.

»Nicht nur ...«

»Gehst du weg?«

»Ich begleite die beiden zum Friedensrichter, und anschließend gehen wir gemeinsam zur Bank ...«

Als er in der Rue du Louvre ankam, stand Ferdinand bereits auf dem Gehsteig.

»Bernard ist noch nicht da«, sagte sein Bruder und sah auf die Uhr. »Er hat sich verspätet ...«

In diesem Augenblick hielt der von Nicole gesteuerte Wagen neben dem Gehsteig. Bernard sah munter aus, doch seine Augen waren stumpf und wie in weite Fernen gerichtet.

»Salut! ...«, rief er.

Und Nicole sagte rasch zu Ferdinand:

»Keine Angst ... Ich komme nicht mit ... Ich wollte nur sicher sein, dass er rechtzeitig da ist ... Heute früh fühlte er sich nicht gut, und ich musste ihm eine Spritze geben ...«

Ihr Besuch beim Friedensrichter war kurz.

»Antoine Mature? ... Wollen Sie hier unterschreiben? ... Dann noch hier, bitte ... Ich danke Ihnen ... Sie sind Bernard Mature, nehme ich an. Wissen Sie Bescheid? ...«

»Wo soll ich unterschreiben?«

»Hier ... Und hier ...«

Keine zehn Minuten waren vergangen, als sie mit der zur Öffnung des Safes nötigen Genehmigung aus dem Gebäude traten. Der Wagen war verschwunden und mit ihm Nicole.

Die drei Brüder gingen zu Fuß zum Boulevard Sébastopol. Sie hatten sich nichts zu sagen. Jeder hing seinen eigenen Gedanken nach.

Die Straßen, durch die sie kamen, waren dieselben, in

denen sie als Kinder gespielt hatten, und Antoine erinnerte sich insbesondere daran, wie die Männer von der Straßenreinigung mit Wasserschläuchen, die fast so dick waren wie die der Feuerwehr, die Straßen von verfaultem Gemüse und Abfällen gesäubert hatten.

Durch den Strahl zu laufen war im Sommer immer der große Spaß gewesen. Ob seine Brüder sich noch daran erinnerten?

Der Direktor des Comptoir d'Escompte erwartete sie. Er war mager, graumeliert und wie aus dem Ei gepellt und drückte ihnen nacheinander die Hand.

»Hier entlang, Messieurs …«

Er führte sie ins Untergeschoss, wo ein uniformierter Wächter eine erste Gittertür vor ihnen aufschloss. Dann durchschritten sie eine mächtige Stahltür.

»Haben Sie die richterliche Genehmigung?«

Ferdinand reichte sie ihm.

»In Ordnung. Wer hat den Schlüssel?«

»Hier ist er …«

Betreten öffnete Ferdinand den Umschlag mit den fünf Siegeln, der ihnen einen erstaunten Blick des Direktors eintrug.

Er drehte zuerst den Schlüssel aus dem Umschlag im ersten, dann den Schlüssel, den der Direktor ihm eben gegeben hatte, im zweiten Schloss um.

Einen Augenblick lang herrschte beklommenes Schweigen. Wie gebannt blickten die drei Brüder auf den Safe, vielleicht in der Erwartung, ihn leer zu finden.

»Wenn Sie mich brauchen, lassen Sie mich rufen. Ich stehe ganz zu Ihrer Verfügung …«

Er entfernte sich mit raschen Schritten, die Sohlen seiner neuen Schuhe knarrten. Hinter ihnen standen Tische und Stühle, und in einer Ecke neben dem Gitter der Wächter, der ein unbeteiligtes Gesicht aufgesetzt hatte und so tat, als blicke er in eine andere Richtung.

Ferdinand sah aus, als wollte er seine Brüder fragen, was er tun solle; dann gab er sich einen Ruck, streckte die Hand aus und holte einen Packen Dokumente hervor, den er auf einen Tisch legte.

Es waren Aktien, bündelweise von einem Gummiband zusammengehalten, aus offenbar englischsprachigen Ländern.

Keiner der drei Brüder konnte Englisch. Auch spanische Aktien waren darunter, aber Spanisch konnten sie ebenso wenig.

»Wir müssen den Direktor rufen ...«, schlug Bernard vor. »Es sei denn, einer von euch kennt sich damit aus ...«

»Wünschen Sie, dass ich den Chef verständige?«, fragte der Wächter.

»Ja, bitte ...«

Der Saferaum war unterirdisch, von dicken Betonmauern umschlossen, die jedes Geräusch dämpften. An einem Tisch trennte eine vierzigjährige Frau langsam Coupons von den Aktien, die sich vor ihr stapelten, und warf von Zeit zu Zeit neugierige Blicke zu den drei Brüdern hinüber.

Sie mussten einen seltsamen Anblick bieten. Sie wagten sich kaum anzusehen. Die Neonbeleuchtung ließ sie noch bleicher erscheinen, als sie ohnehin schon waren, beinahe grün. Wie schwebend in Raum und Zeit, starrten sie auf das Gitter und die Treppe in Erwartung des Mannes, der das Urteil sprechen würde.

»Sie haben mich rufen lassen, Messieurs?«

Da die beiden anderen schwiegen, ergriff Ferdinand wieder das Wort.

»Wir wüssten gerne, was diese Aktien ungefähr wert sind …«

Der Direktor warf einen Blick auf das erste Bündel.

»Kanadische Goldbergwerke …«

Dann auf das zweite:

»Kolumbianische Bergwerke …«

Ein drittes, ein viertes. Als er beim letzten angekommen war, sah er sie erstaunt an.

»Ich vermute, dass Ihr Vater diese Aktien gekauft hat. Darf ich fragen, ob Sie in der Erwartung gekommen sind, dass sie einen großen Wert darstellen?«

»Unser Vater hatte jährlich ungefähr hunderttausend Franc anzulegen …«

»Wissen Sie, wer ihn beraten hat?«

»Wahrscheinlich ein Geschäftsmann aus dem Viertel …«

Bernard war mit seiner Geduld am Ende und kaute wie früher als Kind an seinen Fingernägeln.

»Wissen Sie, wie Sie ihn belangen könnten?«

»Er ist im Gefängnis gestorben …«

»Nun, das überrascht mich nicht … Es tut mir leid, Messieurs, Ihnen sagen zu müssen, dass Sie aus diesen Aktien bestenfalls zehntausend Franc bekommen werden, vorausgesetzt, Sie finden einen Käufer, was ich bezweifle …«

Im Safe lag noch ein praller, mit einem Gummi zusammengehaltener Umschlag aus festem Packpapier. Ferdinands Finger zitterten vor Nervosität, als er ihn öffnete.

Der Umschlag enthielt vier Bündel Banknoten zu je zehntausend Franc und zweitausendachthundertfünfzig Franc in kleinen Scheinen.

Die beiden anderen wussten nicht, was das zu bedeuten hatte, aber Antoine hatte sofort den Umschlag erkannt, den er selbst seinem Vater überreicht hatte.

»Das ist Papas Gewinnanteil vom letzten Jahr. Ich habe ihm diese Summe am dritten Februar nach der Inventur gegeben ...«

»Brauchen Sie mich noch, Messieurs?«

Bernard ließ nicht locker.

»Besteht keine Möglichkeit, dass diese Aktien wieder steigen?«

»Sie werden an den Börsen nicht mehr notiert. Manche sind überhaupt nie notiert worden. Und was die südamerikanischen Aktien betrifft, so sind die entsprechenden Bergwerke entschädigungslos verstaatlicht worden ...«

»Was sollen wir damit machen?«

»Was Sie wollen ... Möchten Sie den Safe noch behalten? ...«

Das Ende der Unterredung war kläglich. Antoine sah seine beiden Brüder sich wie Gespenster in einer unwirklichen Welt bewegen.

Der sorgfältig gekleidete Herr war zu einer Art Demiurg geworden. Er hatte das Urteil gesprochen, nun fehlte nur noch, dass er höhnisch lachte.

Welche Erinnerung würde er an die Begegnung mit den Brüdern Mature behalten?

»Wohin gehst du?«, fragte Ferdinand Antoine.

»Nach Hause …«

»Augenblick … Es ist wohl besser, wenn wir zusammen hinausgehen …«

Er wandte sich an den Direktor.

»Können wir den Safe noch ein paar Tage behalten?«

»Unter welchem Namen?«

»Unter unseren drei Namen …«

»Sie brauchen nur eine Probe Ihrer Unterschriften an der Kasse zu hinterlegen … Ich werde veranlassen, dass die Formulare vorbereitet werden …«

Ferdinand legte die Aktien in den Safe zurück. Er konnte sie schließlich nicht unter dem Arm forttragen, da er kein Papier hatte, um sie einzuwickeln.

»Was mache ich mit dem Geld?«

»Vielleicht sollten wir nicht hier darüber sprechen!«

»Soll ich es mitnehmen?«

»Ich verlange, dass es mitgenommen wird …«, sagte Bernard, der aussah, als wollte er gleich in Tränen ausbrechen.

Oben hinterlegten sie ihre Unterschriften, ohne den Direktor noch einmal zu sehen. Dann standen sie auf dem Gehsteig in der prallen Sonne. Vor einem Warenhaus standen Stände mit preisgünstigen Angeboten. Frauen wühlten in der Wäsche.

»Gehen wir etwas trinken?«

Antoine wollte seine Brüder lieber nicht wieder in der Rue de la Grande-Truanderie haben. Sie traten in den kühlen Schatten einer Brasserie und setzten sich in eine leere Ecke.

Bernard bestellte einen Cognac, seine Brüder ein Bier.

»Ich frage mich, ob unser Vater nicht einfach verrückt geworden ist…«

»Das war Jason…«, begann Ferdinand.

Er verstummte und wartete, bis der Kellner sie bedient hatte. Bernard stürzte seinen Cognac auf einen Zug hinunter und bestellte einen zweiten.

»Pass auf… Vergiss nicht, dass morgen die Beerdigung ist…«

»Die Beerdigung ist mir vollkommen egal…«

Er unterdrückte ein Schluchzen.

»Ihr zwei, ihr braucht kein Geld… Aber wenn ich bis Ende dieser Woche nicht zehntausend Franc zurückzahle, lande ich Gott weiß wo…«

Grimmig fügte er, zu Ferdinand gewandt, hinzu:

»Vielleicht in deinem Büro!… Und das alles, weil mein Vater sich für schlauer hielt als andere, während er in Wirklichkeit nur ein alter Idiot war…«

»Jason ist schuld…«

»Was, Jason?«

»Wir haben doch gestern darüber gesprochen… Vater hatte Vertrauen zu ihm…«

»Und Jason hat ihm diese Aktien verkauft?«

»Vermutlich… Vater hat sich sicher vorgestellt, dass er uns ein phantastisches Vermögen hinterlässt… Das ist wahrscheinlich einer der Gründe, weshalb er mit uns nie über Geld gesprochen hat… Er wollte uns damit überraschen…«

»Warum hat er nicht Anklage erhoben, als Jason verhaftet wurde?«

Gerade daran hatte Antoine in einer Art Geistesabwesenheit gedacht. Er hörte kaum, was seine Brüder sagten. Er kannte seinen Vater besser als sie, und er stellte sich vor, was für ein schrecklicher Schlag es für ihn gewesen sein musste, als er erfuhr, dass der Mann, dem er vertraut hatte, ein Schwindler war.

Mit den anderen Klage erheben hieß seine Naivität eingestehen. Er hätte damit auch vor seinen Söhnen zugeben müssen, dass nichts übrig war von der Erbschaft, die sie erwarteten.

Seit seinem zwölften Lebensjahr hatte er gearbeitet, sein ganzes Leben lang, und jeden Sou umgedreht, um ein Vermögen zusammenzubringen. Davon war nichts geblieben als das Restaurant – dessen eigentliche Seele nun Antoine war.

Monatelang hatte er mit dem beschämenden Gefühl gelebt, dass er nach seinem Tod Erbitterung statt Trauer zurücklassen werde.

Es war Antoine, als habe er seinen Vater noch nie so gut verstanden, seine bäuerlichen Verhaltensweisen, seine Bescheidenheit und seinen Stolz.

»Was geschieht nun mit dem Geld?«, wagte Bernard schließlich zu fragen, der es vor Angst und Ungeduld nicht mehr aushielt.

Es war wie jedes Mal, wenn er einen seiner Brüder anpumpte. Zunächst bat er sie um Tausende von Francs für ein grandioses Geschäft. Nach und nach gab er zu, dass das Geschäft vielleicht nicht ganz so grandios war, bis er zuletzt zufrieden mit ein paar hundert Franc abzog.

Er hatte soeben ein Vermögen verloren. Innerhalb weniger Minuten war seine Zukunft zusammengebrochen. Aber in Ferdinands Taschen waren noch ein paar Geldscheine, die er befühlen, mit denen er sich seiner dringendsten Geldsorgen entledigen und sich vorübergehend der Illusion hingeben konnte, dass er wieder obenauf war.

»Was meinst du, Antoine?«

»Ihr könnt es euch teilen als Anzahlung auf das, was ich euch für das Restaurant schulde …«

»Willst du nicht, dass wir eine Quittung unterschreiben?«

»Ich brauche keine Quittung …«

Er stand auf.

»Ihr entschuldigt mich … Fernande wartet auf mich …«

Er hatte keine Lust mit anzusehen, wie sie sich zwischen den Bier- und Cognacgläsern unter dem Blick des gleichgültigen Kellners das Geld teilten.

8

Man hätte glauben können, die ganze kleine Welt der Markthallen, alle Händler des Viertels hätten sich in der Rue de la Grande-Truanderie ein Stelldichein gegeben. Der alte Chaussard in seinem Sonntagsstaat hielt sich auf dem gegenüberliegenden Gehsteig sehr gerade neben seinem Sohn, der einen schwarzen Anzug und eine schwarze Krawatte trug.

Einige Frauen waren in ihren alten Arbeitskleidern gekommen, wie sie eben waren. Sie hatten nur für einen Augenblick ihren Stand verlassen, und manch eine wischte sich mit dem Schürzenzipfel die Augen.

Gabriel, der Großneffe aus Riom, hatte seine Frau und seine drei Kinder mitgebracht. Er stand im Totenzimmer, wo schon kein Platz mehr war für alle, die in letzter Minute am Sarg vorbeigingen.

Fernande, Véronique und Nicole waren zu Hause geblieben, während die drei Brüder Seite an Seite hinter dem Sarg schritten, der langsam in Richtung der Kirche Saint-Eustache fortschwankte.

Die Luft war mild. Noch immer schien die Sonne. Wenn man sich umdrehte, sah man einen schwarzen, mehr als dreihundert Meter langen Trauerzug. Das Totenglöckchen läutete in einen wolkenlosen Himmel hinein.

Die drei Brüder sprachen kein Wort, sie sahen einander nicht an. Der Zeremonienmeister im Zweispitz führte sie durch den Halbschatten der Kirche an ihre Plätze in der ersten Reihe. Hier blieben sie stehen, regungslos, während hinter ihnen die Stühle auf den Fliesen gerückt wurden.

Das Hauptportal blieb geöffnet, denn auch auf dem Vorplatz standen noch Leute, und eine große Sonnenraute fiel in den dunklen Mittelgang.

Bei der Kollekte steckte jeder automatisch die Hand in die Tasche.

»Pater noster…«

Der Priester im schwarzen Messgewand schritt, das Weihrauchfass schwenkend, um den Katafalk, und ein sehr junger Ministrant trottete hinter ihm her und kniete nieder, als er am Tabernakel vorbeikam.

»Et ne nos inducas in tentationem…«

Vom Lettner herab drangen die Stimmen der Chorsänger wie in Wellen in alle Winkel des weiten Kirchenschiffs.

»Amen…«

Antoine war das Blut in den Kopf gestiegen, und er fühlte, dass er ganz rote Ohren bekam. Morgen würde er all diese Männer und Frauen, die nun die Kirche füllten, wieder in ihrem gewohnten Umfeld in den Markthallen vorfinden, als wäre nichts geschehen. Um sieben Uhr würde er Jules bitten, ihm eine Tasse Kaffee einzuschenken, nachdem er sich zuvor mit Léon hinter dem rotgestrichenen Gitter der Metzgerei unterhalten haben würde.

In ein paar Jahren würden die Markthallen verschwinden, die Buden auseinandergenommen werden wie Kinderspielzeug, dann würden als Erstes die Hausfassaden einstürzen, die Fußböden, die Treppenhäuser, und auf den Mauerresten würden die Tapeten zu sehen sein und auf den Tapeten noch die Umrisse der Möbel.

Der Mann im Zweispitz zupfte ihn am Ärmel. Er folgte ihm. Oder genauer, er folgte Ferdinand, der als Ältester dem Zug voranging.

Vor der Kirche entstand ein Gedränge. Nicht nur der Totenwagen wurde mit Blumen und Kränzen beladen, noch zwei weitere Wagen waren nötig, um allen Blumenschmuck aufzunehmen.

Man sah nur Köpfe, Hunderte von Köpfen, und über ihnen, irgendwo, die Fahne des Vereins der Auvergner in Paris.

Jemand drückte ihm im Vorübergehen verstohlen die Hand, er wusste nicht, wer es war. Dann saß er mit seinen zwei Brüdern im Auto.

Es dauerte noch zehn Minuten, bis sich der Zug in Bewegung setzte. Im vorausfahrenden Auto leuchteten das weiße Chorhemd des Priesters und der blonde Schopf des Ministranten.

Bei den Markthallen fuhren sie langsam durch ein Spalier schweigender Zuschauer. Als der Zug an die Seine-Quais gelangte, beschleunigte er ein wenig das Tempo.

Die drei Brüder saßen reglos, schweigend, als nehme keiner die Anwesenheit der beiden anderen zur Kenntnis. Man fuhr nun zwischen Häuserreihen hindurch, Balkone waren zu sehen, Wäsche hing zum Trocknen an den Fenstern. Dann kamen die Vororte, die Viertel mit sozialem Wohnungsbau, dahinter Brachland.

Sie wurden von Wagen überholt, deren Insassen sich

umdrehten, um den Totenwagen zu sehen und die Gesichter in den ihm folgenden Autos zu erkennen.

Die ersten Knospen waren aufgegangen, kleine, lebendige Büschel von zartem Grün quollen aus ihnen hervor. Irgendwo standen zwei Bäume in Blüte. Mächtige Wasserstrahler besprengten das ummauerte Feld eines Gemüsegärtners, und eine Frau zog gebückt Lauchstengel aus der Erde.

Bald würden sich alle im Restaurant versammeln, im Kasperletheater, wo die Tische wie zu einer Hochzeit zusammengerückt worden waren.

Man würde Gabriel, den stellvertretenden Bahnhofsvorsteher, wiedersehen, seine Familie, die alte Frau aus Saint-Hippolyte, die man nur flüchtig erblickt hatte, und noch andere mehr oder weniger entfernte Verwandte, die eine Zeitlang zu Augustes Leben gehört hatten.

Lag wirklich der alte Mann in dem Totenwagen, der von Zeit zu Zeit in einer Kurve zu sehen war?

Für Antoine, vielleicht auch für andere, war er nicht nur tot: Er existierte nicht mehr. An seiner Stelle blieb nichts. Er ließ nichts zurück.

Früher einmal hatte es dieses blonde sechzehnjährige Mädchen mit dem zerzausten Haar gegeben, dessen Foto er sein Leben lang in der Brieftasche mit sich herumgetragen hatte.

Es hatte dieses Bistro bei den Markthallen gegeben, mit seinen Würsten und riesigen Broten, das der Alte voller Stolz auf der Fotografie gezeigt hatte, ehe er, Tischtuch und Gedecke mit sich reißend, zu Boden gestürzt war.

Es hatte die Söhne gegeben, zuerst Ferdinand und Antoine, dann Bernard, die einer nach dem anderen im Sägemehl vor dem Tresen herumgekrochen waren.

Sie waren eine Familie gewesen. Auguste hatte eine Frau und drei Söhne gehabt.

Eine Frau, die man heute mit dem Löffel füttern musste und der man kurz zuvor eine Unterschrift abgerungen hatte, um so schnell wie möglich ans Geld zu kommen.

Drei Söhne, die Brüder gewesen waren, die zusammen im selben Zimmer geschlafen, die die gleiche Angst vor der Dunkelheit und die gleiche Freude beim Herumtollen auf der sonnenbeschienenen Straße hatten.

Alle drei waren sie nun in diesem Wagen eingeschlossen, schwiegen, hatten sich nichts zu sagen, wagten nicht zu sprechen, weil der alte Auguste gestorben war und sie einander fremd geworden waren.

Übrig blieben einzig der Zinktresen und die Auslage mit den Wurstwaren.

Wenn schließlich auch das Haus verschwand, würde Antoine mit Fernande zusammen wahrscheinlich irgendwo ein Hotel bauen lassen, vorzugsweise am Meer, und sie würden zusammen alt werden und nichts hinterlassen als Geld, Geld, um das sich die Kinder von Jean-Loup und vielleicht die von Marie-Laure, wenn sie eines Tages heiratete, streiten würden – und ein gealterter Bernard, der immer noch versuchte, sein Glück zu machen.

Antoine betrachtete die beiden Gesichter ihm gegenüber.

Sie waren so leer wie seines.

Épalinges (Vaud), März 1966

Georges Simenon
Ausgewählte Romane in 50 Bänden

in chronologischer Reihenfolge
ihrer Niederschrift
und in revidierten Übersetzungen

Mit zwanzig hatte Simenon sich vorgenommen, mit dreißig seinen ersten Roman zu schreiben, einen »halbliterarischen« mit Kommissar Maigret als »Spielführer«.
Doch die ersten »*wirklichen, literarischen* Romane«, die wollte er mit vierzig schreiben: die sogenannten ›Non-Maigrets‹ – Romane ohne Maigret.

»Aber wenn wir uns nun schon immer schön der Reihe nach in ein gleichsam nachgeholtes Simenon-Leseleben stürzen, dann fragt sich der immer unbescheidene Leser, wo denn nun die anderen Romane des Meisters bleiben, die ›Non-Maigrets‹? Erinnern Sie sich an *Das Haus am Kanal,* an den *Mann, der den Zügen nachsah,* an die *Drei Zimmer in Manhattan,* an *Die Glocken von Bicêtre*? Lauter fabelhafte Bücher, die mitten hineingehörten in die Reihe der ›Maigrets‹. Man kann nicht alles haben, klar – nur schön wär's schon.«
Rolf Vollmann / Die Zeit, Hamburg

»Simenons wichtigste Werke sind die ›Non-Maigrets‹, hervorragende und phantastisch geschriebene Kunstwerke, die so tun, als wären sie Krimis: hart, düster, leidenschaftlich, voller Schuld und Schmerz und geprägt von ihren Schauplätzen (keiner kann beschreiben wie Simenon), ohne ein Gran Sentimentalität, von verstörender Scharfsichtigkeit und gleichzeitig unglaublich unterhaltsam. Die ›Non-Maigrets‹ sind tiefsinniger und philosophischer als die Romane von Camus und Sartre, aber viel weniger prätentiös.«
John Banville

»Ein schlicht wunderbarer Schriftsteller … hochunterhaltsam, klarsichtig, einfach, hundertprozentig eins mit der Welt, die er beschreibt.« *Muriel Spark*

»Simenon ist ein Erzähler, den zu lesen man nicht müde wird, wenn man sich einmal in seiner Welt installiert hat.« *Manfred Papst/NZZ am Sonntag, Zürich*

Die Verlobung des Monsieur Hire
Roman. Aus dem Französischen von Linde Birk

Tropenkoller
Roman. Deutsch von Annerose Melter

Das Haus am Kanal
Roman. Deutsch von Ursula Vogel

Der Mann aus London
Roman. Deutsch von Stefanie Weiss

Die Selbstmörder
Roman. Deutsch von Linde Birk

Der Untermieter
Roman. Deutsch von Ralph Eue

Der Mörder
Roman. Deutsch von Lothar Baier

Das Testament Donadieu
Roman. Deutsch von Eugen Helmlé

Die Überlebenden der Télémaque
Roman. Deutsch von Hainer Kober

Der Mann, der den Zügen nachsah
Roman. Deutsch von Linde Birk

Der Bananentourist
Roman. Deutsch von Barbara Heller

Die Marie vom Hafen
Roman. Deutsch von Ursula Vogel

Zum Weißen Ross
Roman. Deutsch von Trude Fein

Wellenschlag
Roman. Deutsch von Ulrich Hartmann

Der fremde Vetter
Roman. Deutsch von Stefanie Weiss

Fremd im eigenen Haus
Roman. Deutsch von Gerda Scheffel

Der Bürgermeister von Furnes
Roman. Deutsch von Hanns Grössel

Der Outlaw
Roman. Deutsch von Liselotte Julius

Die Witwe Couderc
Roman. Deutsch von Hanns Grössel

Die Flucht des Monsieur Monde
Roman. Deutsch von Barbara Heller

Die Ferien des Monsieur Mahé
Roman. Deutsch von Günter Seib

Drei Zimmer in Manhattan
Roman. Deutsch von Linde Birk

Die Wahrheit über Bébé Donge
Roman. Deutsch von Renate Nickel

Ankunft Allerheiligen
Roman. Deutsch von Eugen Helmlé

Der Bericht des Polizisten
Roman. Deutsch von Markus Jakob

Brief an meinen Richter
Roman. Deutsch von Hansjürgen Wille und Barbara Klau

Die Fantome des Hutmachers
Roman. Deutsch von Eugen Helmlé

Die grünen Fensterläden
Roman. Deutsch von Alfred Günther

Tante Jeanne
Roman. Deutsch von Inge Giese

Die Zeit mit Anaïs
Roman. Deutsch von Ursula Vogel

Bellas Tod
Roman. Deutsch von Elisabeth Serelmann-Küchler

Antoine und Julie
Roman. Deutsch von Eugen Helmlé

Schlusslichter
Roman. Deutsch von Stefanie Weiss

Der Uhrmacher von Everton
Roman. Deutsch von Ursula Vogel

Der große Bob
Roman. Deutsch von Linde Birk

Die Komplizen
Roman. Deutsch von Stefanie Weiss

Im Falle eines Unfalls
Roman. Deutsch von Hansjürgen Wille und Barbara Klau

Der Buchhändler von Archangelsk
Roman. Deutsch von Alfred Kuoni

Der Präsident
Roman. Deutsch von Renate Nickel

Sonntag
Roman. Deutsch von Hansjürgen Wille und Barbara Klau

Drei Frauen
Roman. Deutsch von Linde Birk

Der Teddybär
Roman. Deutsch von Ingrid Altrichter

Betty
Roman. Deutsch von Raymond Regh

Der Zug
Roman. Deutsch von Trude Fein

Die Glocken von Bicêtre
Roman. Deutsch von Angela Glas

Das blaue Zimmer
Roman. Deutsch von Angela Glas

Der Mann mit dem kleinen Hund
Roman. Deutsch von Stefanie Weiss

Der kleine Heilige
Roman. Deutsch von Trude Fein

Der Tod des Auguste Mature
Roman. Deutsch von Anneliese Botond

Die Katze
Roman. Deutsch von Angela Glas

Georges Simenon
Maigret-Gesamtausgabe in 75 Bänden

in chronologischer Reihenfolge
und in revidierten Übersetzungen

Kommissar Jules Maigret ist vermutlich die einzige Figur aus der modernen Literatur, der ein Denkmal gesetzt wurde. Es steht in Delfzijl in den Niederlanden, wo Simenon Maigret 1929 an Bord seines Bootes ›Ostrogoth‹ und auf einer Café-Terrasse erfand.
Der Diogenes Verlag, der Simenon seit 1974 verlegt und als einziger Verlag außerhalb Frankreichs Simenons gesamtes Roman- und Erzählwerk im Programm hat, möchte Kommissar Maigret zum 80. »Geburts«-Tag 2009 ebenfalls ein Denkmal setzen. Zum ersten Mal sind dann alle Maigret-Romane in revidierter Übersetzung lieferbar.
Ausstattung: Pappband mit Pariskarte als Vor- und Nachsatz bzw. mit einer Pariskarte als Vor- und einer Frankreichkarte als Nachsatz sowie mit einem Lesebändchen.

»Schönes Gefühl: Es gibt 75 Maigret-Romane, und ich habe höchstens 50 gelesen. Maigret zu lesen, hat etwas Beruhigendes: Man betritt eine vertraute Welt, die, weil sie in Büchern enthalten ist, immer zur Verfügung steht … Von Geschichten über diesen Mann kann ich nie genug kriegen.« *Axel Hacke / Die Weltwoche, Zürich*

»Simenons Maigret-Romane sind außergewöhnlich: hart, mit wenig Hoffnung, plötzlich gewalttätig und gleichzeitig voller Schuld und Bitterkeit, mit toller Atmosphäre (wie Simenon einen Schauplatz schildert, ist unübertroffen), zutiefst unsentimental, beklemmend, weil schonungslos, und gleichzeitig äußerst unterhaltend. Sie haben sogar größere philosophische Tiefe als Camus oder Sartre und sind viel weniger selbstverliebt.«
John Banville / The Daily Telegraph, London

»Maigret-Romane enden nicht auf der letzten Seite. Unbeirrbar steuert die Geschichte auf ihr schlechtes Ende zu, das Recht siegt, aber Gerechtigkeit sieht anders aus. Also ist Maigret unzufrieden, also ist der Leser unzufrieden, also wollen beide mehr, warten auf den nächsten Fall, den nächsten Mord, den nächsten Beweis, dass die Welt nicht fair ist.«
Konrad Heidkamp / Die Zeit, Hamburg

»Kommissar Maigret – ein Mythos. Er ist der erfolgreichste literarische Kommissar aller Zeiten, der meistermittelnde, meistkopierte, meistverfilmte. Maigret schlägt alle: Sherlock Holmes, Miss Marple, Hercule Poirot, auch die aktuellen Ermittler Brunetti, Wallander & Co., erst recht die hyperaktiven TV-Fahnder aus Actionserien. 75 Fälle hat der Mann mit Pfeife, Hut und Samtkragen-Überzieher erfolgreich gelöst.«
Susanne Kunckel / Welt am Sonntag, Berlin

Maigret und Pietr der Lette
Roman. Aus dem Französischen von Wolfram Schäfer

Maigret und der verstorbene Monsieur Gallet
Roman. Deutsch von Roswitha Plancherel

Maigret und der Gehängte von Saint-Pholien
Roman. Deutsch von Sibylle Powell

Maigret und der Treidler der ‹Providence‹
Roman. Deutsch von Claus Sprick

Maigret kämpft um den Kopf eines Mannes
Roman. Deutsch von Rowitha Plancherel

Maigret und der gelbe Hund
Roman. Deutsch von Raymond Regh

Maigrets Nacht an der Kreuzung
Roman. Deutsch von Annerose Melter

Maigret und das Verbrechen in Holland
Roman. Deutsch von Renate Nickel

Maigret am Treffen der Neufundlandfahrer
Roman. Deutsch von Annerose Melter

Maigret und der Spion
Roman. Deutsch von Hainer Kober

Maigret und die kleine Landkneipe
Roman. Deutsch von Bernhard Jolles und Heide Bideau

Maigret und das Schattenspiel
Roman. Deutsch von Claus Sprick

Maigret und die Affäre Saint-Fiacre
Roman. Deutsch von Werner De Haas

Maigret bei den Flamen
Roman. Deutsch von Claus Sprick

Maigret und der geheimnisvolle Kapitän
Roman. Deutsch von Annerose Melter

Maigret und der Verrückte von Bergerac
Roman. Deutsch von Hainer Kober

Maigret in der Liberty Bar
Roman. Deutsch von Angela Glas

Maigret in Nöten
Roman. Deutsch von Markus Jakob

Maigret und sein Neffe
Roman. Deutsch von Ingrid Altrichter

Maigret und die Keller des ›Majestic‹
Roman. Deutsch von Linde Birk

Maigret im Haus des Richters
Roman. Deutsch von Lieselotte Julius

Maigret verliert eine Verehrerin
Roman. Deutsch von Ingrid Altrichter

Maigret contra Picpus
Roman. Deutsch von Hainer Kober

Maigret und sein Rivale
Roman. Deutsch von Ingrid Altrichter

Maigret und das Dienstmädchen
Roman. Deutsch von Hainer Kober

Maigret regt sich auf
Roman. Deutsch von Wolfram Schäfer

Maigret in New York
Roman. Deutsch von Henriette Bonhoeffer

Maigret macht Ferien
Roman. Deutsch von Markus Jakob

Maigret und sein Toter
Roman. Deutsch von Elfriede Riegler

Maigrets erste Untersuchung
Roman. Deutsch von Roswitha Plancherel

Mein Freund Maigret
Roman. Deutsch von Annerose Melter

Maigret in Arizona
Roman. Deutsch von Wolfram Schäfer

Maigret und die alte Dame
Roman. Deutsch von Renate Nickel

Madame Maigrets Freundin
Roman. Deutsch von Roswitha Plancherel

Maigrets Memoiren
Roman. Deutsch von Roswitha Plancherel

Maigret, die Tänzerin und die Gräfin
Roman. Deutsch von Hainer Kober

Maigret als möblierter Herr
Roman. Deutsch von Wolfram Schäfer

Maigret und die Bohnenstange
Roman. Deutsch von Guy Montag

Maigret, Lognon und die Gangster
Roman. Deutsch von Wolfram Schäfer

Maigret und sein Revolver
Roman. Deutsch von Ingrid Altrichter

Maigret und der Mann auf der Bank
Roman. Deutsch von Annerose Melter

Maigret hat Angst
Roman. Deutsch von Elfriede Riegler

Hier irrt Maigret
Roman. Deutsch von Elfriede Riegler

Maigret und die schrecklichen Kinder
Roman. Deutsch von Paul Celan

Maigret und die junge Tote
Roman. Deutsch von Raymond Regh

Maigret und der Minister
Roman. Deutsch von Annerose Melter

Maigret und die kopflose Leiche
Roman. Deutsch von Wolfram Schäfer

Maigret stellt eine Falle
Roman. Deutsch von Angela Glas

Maigret erlebt eine Niederlage
Roman. Deutsch von Elfriede Riegler

Maigret amüsiert sich
Roman. Deutsch von Renate Nickel

Maigret auf Reisen
Roman. Deutsch von Ingrid Altrichter

Maigret hat Skrupel
Roman. Deutsch von Ingrid Altrichter

Maigret und die widerspenstigen Zeugen
Roman. Deutsch von Wolfram Schäfer

Maigrets Geständnis
Roman. Deutsch von Roswitha Plancherel

Maigret vor dem Schwurgericht
Roman. Deutsch von Wolfram Schäfer

Maigret und die alten Leute
Roman. Deutsch von Annerose Melter

Maigret und der faule Dieb
Roman. Deutsch von Stefanie Weiss

Maigret und die braven Leute
Roman. Deutsch von Ingrid Altrichter

Maigret und der Samstagsklient
Roman. Deutsch von Angelika Hildebrandt-Essig

Maigret und der Clochard
Roman. Deutsch von Josef Winiger

Maigret gerät in Wut
Roman. Deutsch von Wolfram Schäfer

Maigret und das Gespenst
Roman. Deutsch von Barbara Heller

Maigret verteidigt sich
Roman. Deutsch von Wolfram Schäfer

Maigret lässt sich Zeit
Roman. Deutsch von Sibylle Powell

Maigret und der Fall Nahour
Roman. Deutsch von Sibylle Powell

Maigret in Künstlerkreisen
Roman. Deutsch von Ursula Vogel

Maigret in Kur
Roman. Deutsch von Irène Kuhn

Maigret zögert
Roman. Deutsch von Annerose Melter

Maigret und sein Jugendfreund
Roman. Deutsch von Markus Jakob

Maigret und der Messerstecher
Roman. Deutsch von Josef Winiger

Maigret und der Weinhändler
Roman. Deutsch von Hainer Kober

Maigret und die verrückte Witwe
Roman. Deutsch von Michael Mosblech

Maigret und der einsame Mann
Roman. Deutsch von Ursula Vogel

Maigret und der Spitzel
Roman. Deutsch von Inge Giese

Maigret und Monsieur Charles
Roman. Deutsch von Renate Heimbucher-Bengs

Sämtliche Maigret-Geschichten
Deutsch von Ingrid Altrichter, Inge Giese,
Eva Schönfeld, Josef Winiger u. v. a.
Leinenband im Schuber

Außerdem lieferbar:

Der Maigret-Marathon
Ein Selbstversuch in 75 FAZ-Kolumnen
von Tilman Spreckelsen

Robert J. Courtine
Simenon und Maigret bitten zu Tisch
Die klassischen französischen Bistrorezepte
der Madame Maigret
Aus dem Französischen
von Pierre F. Sommer

Jakob Arjouni im Diogenes Verlag

»Ein großer, phantastischer Schriftsteller, der genau und planvoll und lesbar schreibt.«
Maxim Biller / Tempo, Hamburg

»Seine Virtuosität, sein Humor, sein Gespür für Spannung sind ein Lichtblick in der Literatur jenseits des Rheins, die seit langem in den eisigen Sphären von Peter Handke gefangen ist.« *Actuel, Paris*

»Seine Texte haben Qualität. Sie sind ambitioniert, unaufdringlich-provokativ, höchst politisch.«
Barbara Müller-Vahl / General-Anzeiger, Bonn

»Arjouni weiß als Dramatiker genauso wie als Krimiautor, wie er Spannung erzielt, ohne platt zu wirken.«
Christian Peiseler / Rheinische Post, Düsseldorf

Happy birthday, Türke!
Kayankayas erster Fall. Roman
Auch als Diogenes Hörbuch erschienen, gelesen von Rufus Beck

Mehr Bier
Kayankayas zweiter Fall. Roman

Ein Mann, ein Mord
Kayankayas dritter Fall. Roman
Auch als Diogenes Hörbuch erschienen, gelesen von Rufus Beck

Magic Hoffmann
Roman
Auch als Diogenes Hörbuch erschienen, gelesen von Jakob Arjouni

Ein Freund
Geschichten

Kismet
Kayankayas vierter Fall. Roman

Idioten. Fünf Märchen

Hausaufgaben
Roman

Chez Max
Roman
Auch als Diogenes Hörbuch erschienen, gelesen von Jakob Arjouni

Der heilige Eddy
Roman
Auch als Diogenes Hörbuch erschienen, gelesen von Jakob Arjouni

Cherryman jagt Mister White
Roman

Bruder Kemal
Ein Kayankaya-Roman

Martin Walker im Diogenes Verlag

Martin Walker, 1947 in Schottland geboren, ist Schriftsteller, Historiker und politischer Journalist. Er studierte in Oxford Geschichte sowie in Harvard Internationale Beziehungen und Wirtschaft. Danach arbeitete er während 25 Jahren als Journalist bei der britischen Tageszeitung *The Guardian*. Heute ist er Vorsitzender eines privaten Think-Tanks für Topmanager in Washington. Martin Walker lebt in Washington und im Périgord.

»Martin Walker hat eine der schönsten Regionen Frankreichs, das Périgord, zum Krimiland erhoben und damit erst für die Literatur erschlossen.«
Die Welt, Berlin

»Der Autor schafft es, eine ruhige südwestfranzösische Landschaft zu kreieren, die man riechen und schmecken kann.« *Neue Luzerner Zeitung*

Bruno, Chef de police
Roman. Aus dem Englischen von Michael Windgassen
Auch als Diogenes Hörbuch erschienen, gelesen von Johannes Steck

Grand Cru
Der zweite Fall für Bruno, Chef de police
Roman. Deutsch von Michael Windgassen
Auch als Diogenes Hörbuch erschienen, gelesen von Johannes Steck

Schwarze Diamanten
Der dritte Fall für Bruno, Chef de police
Roman. Deutsch von Michael Windgassen
Auch als Diogenes Hörbuch erschienen, gelesen von Johannes Steck

Delikatessen
Der vierte Fall für Bruno, Chef de police
Roman. Deutsch von Michael Windgassen
Auch als Diogenes Hörbuch erschienen, gelesen von Johannes Steck

Schatten an der Wand
Roman. Deutsch von Michael Windgassen

Femme fatale
Der fünfte Fall für Bruno, Chef de police
Roman. Deutsch von Michael Windgassen
Auch als Diogenes Hörbuch erschienen, gelesen von Johannes Steck

Barbara Vine im Diogenes Verlag

Barbara Vine (i.e. Ruth Rendell) wurde 1930 in London geboren, wo sie auch heute lebt. Sie arbeitete als Reporterin und Redakteurin für verschiedene Magazine. Seit 1965 schreibt sie Romane und Stories, die verschiedentlich ausgezeichnet wurden.

»Wenn Ruth Rendell zu Barbara Vine wird, verwandelt sich die britische Thriller-Autorin in eine der besten psychologischen Schriftstellerinnen der Gegenwart.« *Süddeutsche Zeitung, München*

»Barbara Vine ist die Göttin des Kriminalromans. Jedes ihrer Bücher ist neu, nicht wie bei vielen Kolleginnen und Kollegen, die immer wieder dasselbe Buch schreiben. Ihre Bücher verfügen über intelligente Handlungen und eine hervorragende Sprache. Wenn ich nur einmal einen Satz wie Barbara Vine schreiben könnte!« *Donna Leon*

Die im Dunkeln sieht man doch

Es scheint die Sonne noch so schön

Das Haus der Stufen

König Salomons Teppich

Schwefelhochzeit

Der schwarze Falter

Heuschrecken

Königliche Krankheit

Aus der Welt

Das Geburtstagsgeschenk

Alle Romane aus dem Englischen
von Renate Orth-Guttmann